蓍書坊

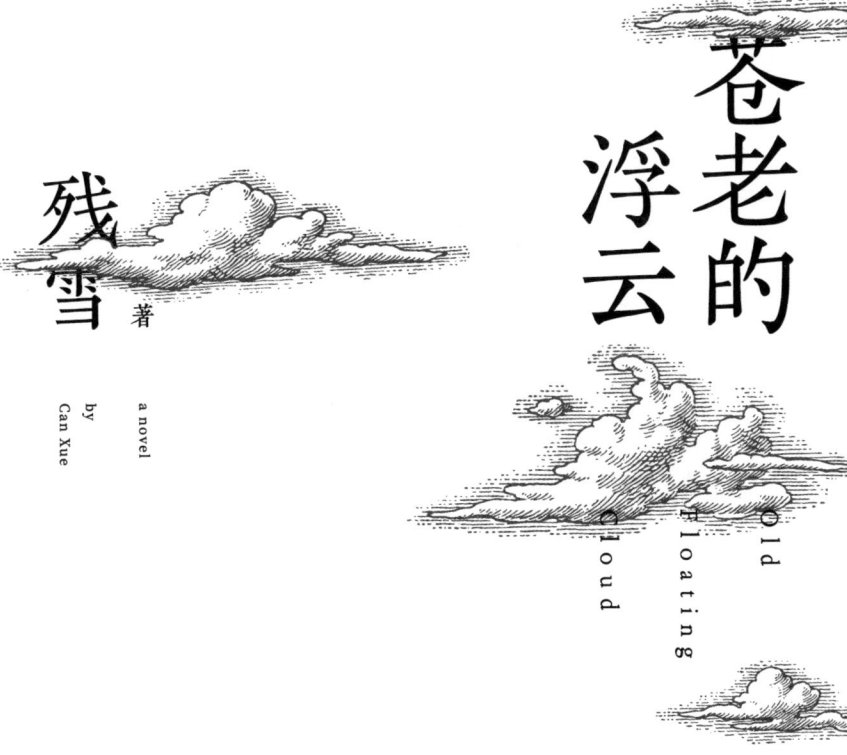

苍老的浮云

残雪 著

a novel
by
Can Xue

Old Floating Cloud

陕西师范大学出版总社

图书代号：WX20N0192

图书在版编目（CIP）数据

苍老的浮云/残雪著. —西安：陕西师范大学出版总社有限公司，2020.5
ISBN 978-7-5695-1400-1

Ⅰ.①苍… Ⅱ.①残… Ⅲ.①中篇小说—中国—当代 Ⅳ.①I247.5

中国版本图书馆CIP数据核字（2020）第036981号

苍老的浮云
CANGLAO DE FUYUN

残 雪 著

出 版 人	刘东风
策划编辑	郭永新　焦　凌
责任编辑	王西莹
责任校对	王丽敏
封面设计	hanyindesign
出版发行	陕西师范大学出版总社
	（西安市长安南路199号　邮编710062）
网　　址	http://www.snupg.com
印　　刷	陕西龙山海天艺术印务有限公司
开　　本	787mm×1092mm　1/32
印　　张	4.25
字　　数	62千
版　　次	2020年5月第1版
印　　次	2020年5月第1次印刷
书　　号	ISBN 978-7-5695-1400-1
定　　价	32.80元

读者购书、书店添货或发现印刷装订问题，请与本公司营销部联系、调换。
电话：（029）85307864　85303629　传真：（029）85303879

目录

第一章 _____ 001

第二章 _____ 039

第三章 _____ 089

第一章

一

楮树上的大白花含满了雨水,变得滞重起来,隔一会儿就啪嗒一声落下一朵。

一通夜,更善无都在这种烦人的香气里做着梦。那香气里有股浊味儿,使人联想到阴沟水,闻到它人就头脑发昏,胡思乱想。更善无看见许多红脸女人拥挤着将头从窗口探进来,她们的颈脖都极长极细弱,脑袋耷拉着,像一大丛毒蕈。白天里,老婆偷偷摸摸地做了一个钩子安在一根竹竿上,将那花儿一朵一朵钩下来,捣烂,煮在菜汤里。她遮遮掩掩,躲躲闪闪,翘着屁股忙个不停,自以为自己的行动很秘密。老婆一喝了那种怪汤夜里就打臭屁,一个接一个,打个没完。

"墙角蹲着一个贼!"他虚张声势地喊了一声,扯亮了电灯。

慕兰呼的一声坐起来,蓬着头,用脚在床底下探来探去地找鞋子。

"我做了一个梦。"他松出一口气,脸上泛起不可捉摸的笑意。

"今天也许会有些什么事情发生。"他打算出门的时候这么想,"而且雨已停了,太阳马上就要出来。太阳一出来,什么都两样了,那就像是一种新生,一个崭新的开始,一……"他在脑袋里搜寻着夸张的字眼。

一开门,他立刻吓了一大跳:满地白晃晃的落花。被雨水打落在地上的花儿依然显出生机勃勃的、贪欲的模样,仿佛正在用力吸吮着地上的雨水似的,一朵一朵地竖了起来。他生气地踏倒了一朵目中无人的小东西,用足尖在地上挖了一个浅浅的洞,拨着泥巴将那朵花埋起来。在他噼噼啪啪地干这勾当的时候,有一张吃惊的女人的瘦脸在他家隔壁的窗棂间晃了一晃,立刻缩回房间的黑暗里去了。"虚汝华……"他茫茫然地想,忽然意识到刚才自己的举动都被那女人窥在眼里了,浑身都不自在起来。"落花的气味熏得人要发疯,我还以为是沤烂的白菜的味儿呢！"他歪着脖子大声地、辩解似的说，一边用脚在台阶上刮去鞋底的污泥。慕兰正在床上辗转不安，叹着气，朦朦胧胧地叽里咕噜："对啦，要这些花儿干什么呀？一看见这些鬼花，我的食欲就来了，真没道理，我吃呀吃的，弄得晕头晕脑，现在我都搞不清自己是住在什么地方啦，我老以为自己躺在一片沼泽地里，周围的泥水正在鼓出气泡来……"隔壁黑洞洞的窗口仿佛传出来轻微的喘息，他脸一热，低了头跟跟跄跄地走出去，每一脚都踏倒了一朵落花。他不敢回头，像小偷一样逃窜。一只老鼠赶在他前头死命地窜到阴沟里去了。

他气喘吁吁地奔到街上，那双眼睛仍旧盯死在他狭窄的脊背上。"窥视者……"他愤愤地骂出来，见左右无人，连忙将一把鼻涕甩在街边上，又在衣襟上擦了擦拇指。

"你骂谁？"一个脸上墨黑的小孩拦住他，手里抓着一把灰。

"啊？！"那灰迎面撒来，眼珠像割破了似的痛。

那天早上，虚汝华也在看那些落下的花。

半夜醒来，听见她丈夫嘴里发出嘣隆嘣隆的声响。

"老况，你在干什么？"她有点儿吃惊。

"吃蚕豆。"他咂巴着嘴说，"外面的香气烦人得很，雨水把树上的花朵都泡烂了。你不做梦吗？医生说十二点以前做梦伤害神经。我炒了一包蚕豆放在床头，准备一做梦醒了就吃，吃着吃着就睡着了。我一连试了三天，效果很好。"

果然，隔了一会儿，他就将一堵厚墙似的背脊冲着她，很响地打起鼾来了。在鼾声的间歇中，她听见隔壁床上的人被神经官能症折磨得翻来覆去，压得床板吱吱呀呀响个不停。屋顶上有许多老鼠在穿梭，爪子拨下的灰块不断地打在帐顶上。很久很久以前，她还是一个少女时，也曾有过做母亲的梦想的。自从门口的楮树结出红的浆果来以后，她的体内便渐渐干涸了。她时常拍一拍肚子，开玩笑地说："这里面长着一些芦秆嘛。"

"天一亮，花儿落得满地都是。"她用力摇醒了男人，对着他的耳朵大声说话。

"花儿？"老况迷迷糊糊地应道，"蚕豆的作用比安眠药更好，你也试一试吧，嗯？奇迹般的作用……"

"每一朵花的瓣子都蓄满了雨水,"她又说,将床板踢得咚咚直响,"所以掉下来这么沉,啪嗒一响,你听见了没有?"

男人已经打起鼾来了。

有许多小虫子在胸膛里蠕动。黑风从树丫间穿过,变成好多小股。那棵树是风的筛子。

天亮时她打开窗户,看见了地上的白花,就痴痴地在窗前坐下来了。

"蚕豆的作用真是奇妙,我建议你也试一下。"男人在她背后说,"下半夜我睡得真沉,只是在天快亮的时候,我老在梦里担心着小偷来偷东西,才挣扎着醒了过来。"

这时隔壁男人那狭长的背脊出现了,他正聚精会神地用足尖在地上戳出一个洞来,他的帽檐下面的一只耳朵上有一个肉瘤,随着他的身子一抖一抖的。虚汝华的内心出现一块很大的空白。

"要不要洒些杀虫剂呀?这种花的香味是特别能引诱虫子的。"老况用指关节敲打着床沿,打出四五个隔夜的蚕豆嗝。

傍晚,虚汝华正弯着腰在厨房洒杀虫剂,有人从窗外扔进来一个小纸团,展开来一看,上面歪七扭八地写着一句不可思议的话:

请不要窥视人家的私生活,因为这是一种目中无人的行为,比直接的干涉更霸道。

她从窗眼里望出去,看见婆婆从拐角处一颠一颠地向他们家走过来了。

"你们这里像个猪槽。"婆婆硬邦邦地立在屋当中,眼珠贼溜溜地转来转去,鼻孔里哼哼着。

"最近我又找到了一个治疗神经衰弱的验方。"老况挤出一个吓人的笑脸,"妈妈,我发觉天蓝色有理想的疗效。"

"这种雷雨天,你们还敢开收音机!"她拍着巴掌嚷嚷道,"我有个邻居,在打雷的当儿开收音机,一下就被雷劈成了两段!你们总要干些不寻常的事来炫耀自己!"说完她就跨过去,砰的一声关了收音机,口里用力地、痛恨地啐着,摇摇摆摆出了门。

妈妈一走,老况就兴高采烈地喊:"汝华!汝华!"

虚汝华正在将杀虫剂洒到灶底下。

"你干吗不答应?"老况有点愠怒的表情。

"啊——"她从迷迷糊糊的状态中惊醒过来,脸上显出恍惚的微笑,"我一点儿也没听到——你在叫我吗?我以为是婆婆在房里嚷嚷呢!你和她的声音这么相像,我简直分不出。"

"妈妈老是生我的气,妈妈已经走了。"他哭丧着脸回答,情绪一下子低落得那么厉害,"她完全有道理。我们太没有独立生活的能力了。"

她还在说梦话似的:"时常你在院子里讲话,我就以为是婆婆来了……我的耳朵恐怕要出毛病了。比如今天,我就一点没想到你在屋里,我以为婆婆一个人在那边提高了嗓音自言自语呢。"

"街上的老鞋匠耳朵里长出了桂花,香得不得了,"他再一次试着提起精神来,"我下班回来时看见人们将他的门都挤破了。"他挨着她伸出一只手臂,做出想要搂住她的姿势。

"这种杀虫剂真厉害,"她簌簌地发抖,牙齿磕响着,"我好像中毒了。"

他立刻缩回手臂,怕传染似的和她隔开一点。

"你的体质太虚弱了。"他干巴巴地咽下一口唾沫。

一朵大白花飘落在窗台上,在幽暗中活生生地抖动着。

他是在沟里捡到那只小麻雀的。看来它是刚刚学飞,跌落到沟里去的。他将湿淋淋的小东西放到桌子上,那稚嫩的心脏还在胸膛里搏动。他将它翻过来,拨过去,心不在焉地敲着,一直看着它咽了气。

"煞有介事!"听见慕兰在背后说。

"煞有介事!"十五岁的女儿也俨然地说,大概还伸出咬秃了指甲的手指指指戳戳。

"有些人真不可理解,"慕兰换了一种腔调,"你注意到了没有?隔壁在后面搭了一个棚子,大概是想养花?真是异想天开!我和他们做了八年邻居了,怎么也猜不透他们心里想些什么。我认为那女的特别阴险。每次她从我们窗前走过,总是一副恍恍惚惚的样子,连脚步声也没有!人怎么能没有脚步声呢?既是一个人,就该有一定的重量,不然算是怎么回事?我真担心她是不是会突然冲到我们房里来行凶。楮树的花香弄得人心神不定……"

更善无找出一个牛皮纸的信封,将死雀放进去,然后用两粒饭粘牢,在口子上啪啪啪地拍了几下。

"我出去一下。"他大声说,将装着死雀的信袋放进衣袋里。

他绕到隔壁的厨房外面,蹲下来,将装着死雀的信袋从窗口用力掷进去,然后猫着腰溜回了自己家里。

隔壁的女人忽然"哦——"地惊叹了一声,好像是在对她男人讲话,声音从板壁的缝里传了过来,很飘忽,很不真实:

"那时我们常常坐在草地上玩丢手绢。太阳刚刚落山,草地还很热,碰巧还能捉到螳螂呢。我时常出其不意地扔出一只死老鼠!去年热天有一只蟋蟀在床脚叫了整整三天三夜,我猜它一定在心力交瘁中死掉了……"

更善无的脑子里浮出一双女人的眼睛,像死水深潭的、阴绿的眼睛。一想到自己狭长的背脊被这双眼睛盯住就觉得受不了。

"楮树上的花朵已经落完了,混浊的香味不久也会消失,"她用不相称的尖声继续说,"一定有人失落了什么,在落花中寻找来着,我发现数不清的脚印……花朵究竟是被雨打落下来的，还是自己开得不耐烦了掉下来的？深夜我在房间里走来走去，看见月亮挂在树梢，正像一只淡黄的毛线球……"

一会儿台阶上响起了沉甸甸的脚步声，是她男人回来了，女人的声音戛然而止。原来那女的一直在屋里对着木板壁说话？或许她是在念一封写不完的信？

吃中饭的时候，他用力嚼着一块软骨，弄出嘣隆嘣隆的响声。

"好！好！"慕兰赞赏地说，喉结一动，咕咚一声咽下一大口酸汤。

女儿也学着他们的样儿，口里弄出蹦隆蹦隆的声音，喉咙不停地咕咚作响。

吃完了，他擦着嘴角的酸汤站起来，用指甲剔着牙，像是对老婆，又像是对什么别的人说："窗棂上的蜘蛛逮蚊子，逮了一点多钟了，哪里逮得到！"

"工间操的时候，林老头把屎拉在裤裆里了。"慕兰说，一股酸水随着一个嗝涌上来，她咕咚一声又吞了回去。

"今天的排骨没炖烂。"

"你吃的是里脊肉！"她吃惊地看了他一眼。

"我吃的是里脊肉，"他看着蜘蛛说，"我是说排骨。"

"哈！"慕兰做了一个鬼脸，"你又在骗人嘛。"

夜晚，在楮树花朵最后一点残香里，更善无和隔壁那个女人做了一个相同的梦，两人都在梦中看见一只暴眼珠的乌龟向他们的房子爬来。门前的院子被暴雨落成了泥潭，它沿着泥潭的边缘不停地爬，爪子上沾满了泥巴，总也爬不到。当树上的风把梦搅碎的时候，两人都在各自的房里汗水淋淋地醒了过来。

从学院毕业的时候，他剃着光头，背上背着一个军用旅行袋。汗从腋下不停地冒了出来，有股甜味儿。那时太阳很亮，天空就像个大玻璃盖，他老是眯缝着眼看东西。

"夜里我掉进了泥潭。"隔壁那女人又在尖声说话了，"到现在身上还黏糊糊的。天快亮的时候，咔嚓一声，树枝被风折断了。"

他很是纳闷：为什么每次都是只有他一人能听见隔壁那女人的疯话？为什么慕兰听不见？她是不是装蒜？

慕兰在低着头剪她那短指头上的指甲,连眼皮都没抬一下。

"你听到什么响动了吗?"他试探性地问。

"听到了。"她若无其事地回答,仍旧没抬头,"是风刮得隔壁的窗纸沙沙作响,这家人家一副破落相,那男的居然还把一个玻璃缸放在后面,里面养了两条黑金鱼呢,真是幼稚可笑的举动!我已经在后面的墙上挂了一面大镜子,从镜子里可以侦察到他们的一举一动,方便极了。我对他们养金鱼的做法极为反感。"

地上被践踏的花儿全都成了黑色。

他打开门,赫然映入他眼中的是隔壁窗口女人的头部。她也在看地上的残花,两眼贪婪地闪闪发光,脖子伸得极长,好像就要从窗口跳出去。

"花儿已经死了。"他用自己意想不到的声音轻飘飘地说。

"它已经过去了,这个疯狂的季节……"女人的嘴唇动了动,几乎看不出她在讲话。

"真是梦游人的生活呀,日里夜里……然而这么快就过去了。这些日子里,这些扰人的花儿弄得我们全发疯了，你有没有梦见过……"他还要再说下去，然而女人已经不见了。

在大玻璃盖底下，所有的东西都是一个个黄色的椭圆形，外来的光芒是那样地刺人，没有任何地方可以遮阴。

花间的梦全部失落了。

二

他踌躇着推开门的时候，她正坐在桌边吃一小碟酸黄瓜。桌上放着一只坛子，黄瓜就是从那里夹出来的。她轻轻地咀嚼，像兔子一样动着嘴唇，几乎不发出一点儿响声。她并不看他，吃完一条，又去夹第二条，垂着眼皮，细细地品味。黄瓜的汁水有两次从嘴角流出来了，她将舌头伸出来，舔得干干净净。

"我来谈一件事，或者说，根本不是一件事，只不过是一种象征。"他用一种奇怪的，像是探询，又像是发怒的语气开了口，"究竟，你是不是也看到过？或者说，你是不是也有那种预感？"

虚汝华痴呆地看了他一眼，一声不响，仍旧垂下眼皮嚼她的黄瓜。她记起来这是她的邻居，那个鬼鬼祟祟的男人，老在院子里搞些小动作，挡住她的视线。吃午饭的时候，老况看见她吃黄瓜，立刻惊骇得不得了，说是酸东西搞坏神经，吃不得。等他上班去了，她就一个人痛痛快快地大吃特吃起来。

"当我在梦里看见它的时候，好像有个人坐在窗子后面，我现在记起那个人是谁了……你说说看，那个泥潭，它爬多久了？"他还不死心，胡搅蛮缠地说下去，"那个泥潭，是不是就在我们的院子里？"

"死麻雀是怎么回事？"她开了口，仍旧看也不看他，掏出手绢来擦了一下嘴巴，"这几天我都在屋里洒了杀虫剂。"她的声音这么冷静，弄得他脑袋里像塞满了石头，哗啦哗啦地响开了。

"不过是因为心里有点儿发慌。"他尴尬地承认，"你知道，那些花儿开得人心惶惶的。有一个时候，我是很不错的，我还干过地质队呢。山是很高的，太阳离得那么近，简直一伸手就可以碰到……当然，说这些有什么意思，我们在同一个屋顶下面住了八年，你天天看到我，你看到我的时候，我就这样子。夜里乌龟来的时候，你正在这间房子里辗转,我听见床板吱吱呀呀地响,心里就想,那间屋子里有个人也和我一样,正在受着噩梦的纠缠。噩梦袭击着小屋,从窗口钻进来,压在你身上……等树上结出了红的浆果,那时就会有金龟子飞来,我们就可以安安稳稳地睡觉了,年年都这样。我夜里喜欢用两块砖将枕头死死地压住,因为它会出其不意地轰响起来,把你吓一大跳。你整天洒杀虫剂,把蚊虫都毒死了,在黑暗里,当什么东西袭来的时候,心里不害怕吗?我喜欢有蚊虫在耳边嗡嗡地叫着,给我壮胆似的……"他说来说去的,连他自己都大吃一惊,不知在说些什么了。

"我要洒杀虫剂了。"她看着他说,站起身去拿喷筒。她走了几步,又回转头来说:"我在后面养了一盆洋金花,他们说这种东西很厉害,只要吃两朵以上就可以致人死命。我喜欢这种东西,它激起人漫无边际的梦想。你老婆总在镜子里偷看我们吧?要是你想谈你心里那件事,你可以常来谈,等我情绪好的时候。"

他张了一下嘴,打算说点什么,然而她已经在后面房里哧哧地弄响喷筒了。

她瞥了瞥镜子,看见里面那个人就像在气体里游动似的，那胸前有两大块油迹闪闪发亮，她记起是中午喝汤的时候心不在焉地弄下的。她忽然觉得羞愧起来，这是一种陌生的情绪，为了什么呢？大概是为了一件毫无意义的小事吧，她记不得了。当隔壁那个男人说话的时候，她觉得就是自己在说话，所以她一点也不感到怪异，她只是听着，听自己说话。她记起那些暴风雨的夜晚，黑黝黝的枝丫张牙舞爪地伸进窗口，直向她脸上戳来，隔壁那个人为什么和她这么相像呢？也许所有的人都是这么相像吧。比如她就总是分不清老况和他母亲。在她脑子里，她总把他们两人当作一个人，但是每当她讲话中露出这样的意思，老况总要坐立不安，担心她的神经，劝她去实行一种疗法，等等。前天他又在和他母亲偷偷摸摸地商量，说是要骗她去看一回医生，又说如果不这样的话，天晓得有什么大难临头。他们俩讲话的那种郑重其事的神气使她忍不住哧地一笑。听到笑声，他们发觉她在偷听，两人同时恼羞成怒，向她猛扑过来，用力摇晃她的肩膀追问她有什么好笑的。"如果这样下去的话，后果全由你自己承担，"婆婆幸灾乐祸地说，"我们已经尽到了责任。"近来老况每天偷偷地将小便撒在后面的阴沟里，他总以为她不知道，把后门关得紧紧的,一撒完又装得若无其事的样子。而她也就假装不知道,照旧按他的吩咐每天洒杀虫药。

他们刚刚结婚时,他还是一个中学教员,剪着平头,穿着短裤。那时他常常从学校带回诸如钢笔、日记簿等各种小东西,说是没收学生的。有一回他还带回两条女学生的花手绢,说洗一洗还可以用。一开始他们俩都抱着希望,以为会有孩子,后来她反倒幸灾乐祸起来——他们这家子(她、老况、婆婆)遇事总爱幸灾乐祸。隔壁那鬼鬼祟祟的男人竟会有一个孩子,想到这一点就叫她觉得十分诧异。小孩子,总不可能像大人那样飘忽的吧?今天清早,她裸着上半身在屋里走来走去,不停地拍响肚子。"你干吗?"老况怒气冲冲地说。"有时候,"她对他揶揄地一笑,"我觉得这根本不是什么女人的肚子,只不过是一张皮和一些肮脏的肠子还有鬼知道是什么的一些东西。""你最好吃一片'安定'。"老况从她身边冲过去,差一点把她撞倒。

她拿着喷水壶到后面去给洋金花浇水的时候,看了一眼金鱼缸就怔住了。两条金鱼肚皮朝天浮在水面上,那水很混浊,有股肥皂味儿,她用手指拨了一下,金鱼仍旧一动不动。这当儿她瞥见隔壁那女人踮着脚站在镜子面前，正在观察她呢。她慢吞吞地捞起金鱼，扔到撮箕里面。

下一次那男人再来谈那件事的时候，她一定要告诉他。她喜欢过夹竹桃。当太阳离得很近（一伸手就可以抓到），夹竹桃的花朵带着苦涩的香味开起来的时候，她在树底下跑得像兔子一样快！她这样想着，又瞥了一眼那女人肥满的背部，心里泛起一种恶毒的快意。

"你在后面干吗？"更善无飞快地将一包饼干藏进皮包，啪的一声扣上按钮，大声地说，"我要去上班啦。"

慕兰从后面走出来，黑着脸，失神地说："我倒了一盆肥皂水……我正在想……我怎么也……上月的房租还欠着呢。"

"你变得多愁善感起来了。"他冷笑一声，且说且走。一直过了大街，转了弯，他才回头看了一看，然后伸手到皮包里拿出饼干，很响地大嚼起来。

他的女儿从百货店出来了，昂着头发稀少的脑袋，趾高气扬地走着。他连忙往公共厕所后面一躲，一直看着她走到大街那边去了才出来。"她已经转了弯了。"一个人从背后耳语似的告诉他。回头一看，原来是岳父。老人长着稀稀拉拉的山羊胡子，上面有龌龊的酒渍。

"你说谁？"他板着脸，恶狠狠地问。

"凤君罢，还有谁！"岳父滑稽地眨了眨一只红眼睛，伸出瘦骨伶仃的长胳膊搭在他的肩膀上，兴致勃勃地说："来，你出钱，我们去喝一杯！"

"呸！"更善无嫌恶地甩脱了他的胳膊，只听见那只胳膊嘎吱嘎吱地乱响了一阵，那是里面的骨头在发出干燥的摩擦声。

"哈哈哈！躲猫猫，吃包包！哈哈哈……"岳父兴高采烈地手舞足蹈，大喊大叫。

他脸一热，下意识地摸了摸皮包，里面还剩得有三块饼干。

岳父也是一名讨厌的窥视者。从他娶了他女儿那天起，他每天都在暗中刺探他的一切。他像鬼魂一样，总在意想不到的地方冒了出来，钻进他的灵魂。有一回他实在怒不可遏，就冲上去将他的胳膊反剪起来。那一次他的胳膊就像今天这样发出嘎吱嘎吱的怪响，像是要断裂，弄得他害起怕来，不知不觉中松了手，于是他像蚂蚱那样蹦起来就逃走了，边跑口里还边威胁，说是日后要实行致命的报复。

"躲猫猫,吃包包……"岳父还在喊,大张着两臂,往一只垃圾箱上一扑,咯咯咯地笑个不停。笑完之后,他就窜进寺院去了。寺院已经破败,里面早没住人,岳父时常爬到那阁楼上,从小小的窗眼里往过往的行人身上扔石子,扔中了就咚咚咚地跑下楼,找个地方躲起来哈哈大笑一通。

十年前,他穿着卡其布的中山装到他们家去求婚。慕兰用很重的脚步在地板上走来走去,一副青春焕发的模样。岳母闷闷地放了几个消化不良的臭屁,朝着天井里那堵长了青苔的砖墙说:"算我倒霉,把个女儿让你这痞子拐走了。"三年后她躺进了医院的太平间,他去看她时,她仍然是那副好笑的样子,鼓着暴眼,好像要吃了他一般。

他们结婚以后,有一天,两人在街上走,慕兰买了许多梅子,边走边往口里扔,那条街总也走不完似的。忽然她往他身上一靠,闭上眼,吐出一颗梅子核,说道:"唉,我真悲伤!"她干吗要悲伤?更善无直到今天都莫名其妙。

岳父每次来都要绕着他们的房子侦察一番，然后选择一个有利的时机躲在后门那里轻轻地、没完没了地唤凤君出来，爷孙俩就站在屋檐下谈起话来。阳光斜斜地照着他的红鼻头，他的脸上显出恨恨的神气，眼珠不断地向屋里瞄来瞄去，肚子里暗暗打着主意。最后，在走的时候，飞快地窜进屋里捞起一样小东西跑掉了。接着是听见脚步声，慕兰气急败坏地走出来问女儿："该死的，又拿走什么啦？"

吃完三块饼干，正好走到所里的门口。昨天在所里办公的时候，他正偷偷地用事先准备好的干馒头屑喂平台上的那些麻雀，冷不防安国为在他屁股上拍了一掌，眯着三角小眼问他："你对泥潭问题做出了什么样的结论？"说完就将香烟头往外一吐，跷起二郎腿坐在他的办公桌边缘上。他惴惴地过了一整天，怎么也想不出那小子话里的用意。回家之后，他假装坐在门口修胡子，用一面镜子照着后面，偷眼观察隔壁那人的一举一动，确定并无可疑之处，才稍稍安下心来。也许是他这该死的心跳泄露了秘密？在楮树花朵扰乱人心的这些日子里，他的心脏跳得这么厉害，将手掌放在胸口上，里面"嗵！嗵！嗵！"的，像有条鱼在蹦。他觉得人家一定也听到这种声音了,所以所里的人都用那种意味深长的眼光盯视他,还假惺惺地说:"啊——这阵子你的脸色……"为了防止心跳的声音让人听见,他一上班就飞快地钻到他的角落里,把脸一连几个钟头朝着窗外,从包里掏出事先预备好的馒头屑来喂麻雀。今天他伸出脑袋,竟发现其他两个窗口都有脑袋伸出来。转过身来一看,原来是他同室的同事。他们背着手,把脸朝着窗外,仿佛正在深思的样子。他又心怀鬼胎地溜到走廊上,从其他科室的门缝里往里一看,发现那里面也一样,每个窗口都站着一个表情严肃的人,有的人还踱来踱去,现出焦虑不安的形状。后来同事们骚乱起来,原来是一只大花蝶摇摇晃晃地闯进来了,黑亮的翅膀闪着紫光,威风凛凛地在他们头上绕来绕去。所有的人都像弹子似的蹦起,关门的关门,关窗的关窗,有两个人拿着鸡毛帚在下死力扑打,其余的人则尖声叫着跳着来助威,一个个满脸紫涨,如醉如狂。更善无为了掩盖自己心中不可告人的隐私,也尖声叫着,并竭力和大家一样,做出发了狂的模样来。花蝶扑下来之后,原来站在窗口的那两个人马上恢复了严肃的表情,背手脸朝窗外,陷入了高深莫测的遐想之中。他忽然想起，这两个假作正经的家伙也许是天天如此站在窗口的，只是自己平时没注意，直到现在与他们为伍，才发现这一点。他们两人像木桩子一样一直站到下班铃响，才拿起皮包回家。他注意到那两人在马路上走路的姿势也是那么一本正经，低着头，手背在后面，步子迈得又慢又稳。斜阳照着他们的驼背，透过肥大的裤管，他窥见了几条多毛的腿子。

"今天有炖得很烂很烂的骨头，你可以连骨髓都吸干净。"慕兰舔着嘴边的油脂，兴致勃勃地说。

"我对排骨总是害怕，它们总是让我的舌头上长出很大的血泡来。"他用一根小木棒拨弄着窗子上的蜘蛛网，"你不能想点其他的花样出来吗？"

"我想不出什么花样。隔壁又在大扫除，我从镜子里看见的。哼，成天煞有介事，洒杀虫药啦，大扫除啦，养金鱼啦，简直是神经过敏！那女的已经发现我在镜子里看她了。你闻见后面阴沟里的尿臊气没有？真是骇人听闻呀。都在传说喝鸡血的秘方，你听说没有呀？说是可以长生不死呢。"

"吃炖得很烂的排骨也可以长生不死。"

"你又在骗人！"她惊骇得扭歪了脸，"今天早上我正要告诉你我在想什么，你没听完就走了。是这样的，当时我坐在这个门口，风吹得挺吓人的。我就想——对啦，我想了关于凤君的事。我看这孩子像是大有出息的样子。昨天我替她买了一件便宜的格子布衣，你猜她说什么？她说：'谢谢，我还不至于像个叫花子。'我琢磨着她话里的意思，高兴得不得了呢。这个丫头天生一种知足守己的好性格。"

"她像她妈妈，将来会出息得吓人一跳。"他讥诮地说。

一回到家里，乌龟的梦又萦绕在他脑子里，使他心烦意乱。他在屋子里踱来踱去，脚步"嗵！嗵！嗵！"地响着，眼前不断地浮出被烈日晒蔫了的向日葵。隔壁那女人的尖嗓音顺着一股细细的风吹过来了，又干又热，还有点喑哑。

"……不错，泥浆热得像煮开了的粥，上面鼓着气泡。它爬过的时候，脚板上烫出了泡，眼珠暴得像要掉出来……夹竹桃与山菊花的香味有什么区别？你能分得清吗？我不敢睡觉，我一睡着，那些树枝就抽在我的脸上，痛得要发狂。我时常很奇怪，它们是怎么从窗口伸进来的呢？我不是已经叫老况钉上铁条了吗？（我假装对他说是防小偷。）我打算另外做两扇门，上面也钉满铁条，这一来屋子就像个铁笼子了。也许在铁笼子里我才睡得着觉？累死了！"

慕兰正从砂锅里将排骨夹出来，用牙齿去撕扯。看着她张开的血盆大嘴，更善无很惊异，很疑惑。

"什么东西作响……"他迟迟疑疑地说。

"老鼠。我早上不该拿掉鼠夹子的。总算过去了，开花的那些天真可怕……我以为你要搞什么名堂。"

"什么？！"

"我说开花的事呀，你干吗那么吓人地瞪着我？那些天你老在半夜里起来，把门开得吱呀一响。你一起来，冷风就钻进来。"

"原来她也是一个窥视者……"他迷迷糊糊地想。

三

虚汝华倚在门边仔细地倾听着。一架飞机在天上飞，嗡嗡嗡嗡地叫得很恐怖。金鱼死掉以后，老况就一脚踢翻了她种的洋金花，把后门钉死了。"家里笼罩着一种谋杀气氛，"他惶惶不安地逢人就诉说，"这都是由于我们缺乏独立生活的能力。"现在他变得很暴躁，很多疑，老在屋里搜来搜去的，担心着谋杀犯。有一回半夜里还突然跳起，打着手电，趴到床底下照了好久。婆婆来的时候总是戴一顶烂了边的草帽，穿一双长筒防雨胶鞋，手执一根铁棍。一来立刻用眼光将两间屋子搜索一遍，甚至门背后都要仔细查看。看过之后，紧张不安地站着，脸颊抽个不停，脖子上显出红色的疹子。有一天她回家，看见门关得死死的，甚至放下窗帘，叫了老半天的门也叫不开。她从窗帘卷起的一角看见里面满屋子烟腾腾的，婆婆和老况正咬着牙，舞着铁棍在干那种"驱邪"的勾当。传来窃窃的讲话声，分不清是谁的声音。等了一会，门吱呀一声开了，老况扶着婆婆走下台阶，他们俩都垂着头，好像睡着了的样子，梦游着从她面前走过。"驱"过"邪"之后，老况就在门上装了一个铃铛，说是万一有人来谋杀抢劫，铃铛就会响起来。结果等了好久，谋杀犯没来，倒是他们自己被自己弄响的铃声搞得心惊肉跳。每次来了客人，老况就压低喉咙告诉他们:简直没法在这种恐怖气氛中生存下去了,他已经患了早期心肌梗死,说不定会在哪一次惊吓中丧命。婆婆自从"驱"过"邪"之后就再也不上他们家来了。只是每隔两三天派她的一个秃头侄女送一张字条来。那侄女长年累月戴一顶青布小圆帽,梳着怪模怪样的发型,没牙的嘴里老在嚼什么。婆婆的字条上写着诸如此类的句子:"要警惕周围的密探!""睡觉前别忘了:1.洗冷水脸(并不包括脖子)。2.在枕头底下放三块鹅卵石。""走路的姿势要正确,千万不要东张西望,尤其不能望左边。""每天睡觉前服用一颗消炎镇痛片(也可以用磺胺代替)。""望远可以消除下肢的疲劳。"老况接到母亲的字条总要激动不安,身上奇痒难熬,东抓西抓,然后在椅子上扭过来扭过去地搞好半天,才勉强写好一张字条让那秃头的侄女带回去。他写字条的时候总用另外一只手死死遮住,生怕她偷看了去,只是有一回她瞥见(不如说是猜出)字条上写的是:"立即执行。前项已大见成效。"突然有一回秃头侄女不来了,老况心神恍惚地忍耐了好多天,夜里在床上翻来覆去,口中念念有词,人也消瘦了好多,吃饭的时候老是一惊,放下碗将耳朵贴在墙壁上,皱起眉头倾听什么声音。婆婆终于来将他接走了。那一天她站在屋角的阴影里,戴着大草帽,整个脸用一条奇大无比的黑围巾包得严严实实,只留两只眼在外面,口中不停地念叨"晦气,晦气……",大声斥责磨磨蹭蹭的儿子。出门的时候,婆婆紧紧拽住老况多毛的手臂,生怕他丢失的样子,两人逃跑似的离去。她听见婆婆边走边说:"重要的是走路的姿势,我不是已经告诫过你了吗?我看你是太麻痹大意了,你从小就是这么麻痹大意,不着边际。"后来老况从婆婆那里回来过一次。那一次她正在楮树下面看那些金龟子,他嗨的一声,用力拍了一下她枯瘦的背脊,然后一抬脚窜到屋里去了。听到他在屋里乒乒乓乓地翻箱倒柜,折腾了好久,然后他挽好两个巨大的包袱出来了。"这阵子我的神经很振奋。"他用一方油腻腻的手帕抹着胡须上的汗珠子,"妈妈说得对,重要的问题在注意小节上面。首先要端正做人的态度……你对这个问题有什么感想?"他轻轻巧巧地提起包袱就走了。

夜里,她把钉满铁条的门关得紧紧的,还用箱子堵上了。黑暗中数不清的小东西在水泥地上穿梭,在天花板上穿梭，在她盖着的毯子上面穿梭。发胀的床脚下死力咬紧了牙关，身上的毯子轻飘飘的，不断地被风鼓起，又落下，用砖头压紧也无济于事。不知从哪里飞来的天牛"嗒！嗒！嗒！"地接二连三落在枕边，向她脸上爬来，害得她没个完地开灯，将它们拂去。

时常她用毯子蒙住头，还是听得见隔壁那个男人在床上扭来扭去，发出咯咯的、痛苦的磨牙声，其间又伴随着一种好似狼嗥的呼啸声、咬牙切齿的咒骂声。他提过泥潭的事，确实是这样。他提过的都是他梦里看见过的东西，是不是睡在同一个屋顶下的人都要做相同的梦呢？然而她自己逐日干涸下去了。她老是看见烈日、沙滩、滚烫的岩石，那些东西不断地煎熬着体内的水分。"虚脱产生的幻象。"老况从前总这样说。她每天早上汗水淋淋地爬起来，走到穿衣镜面前去，仔细打量着脸上的红晕。

"你说，那件事究竟是不是幻象？"那声音停留在半空中。

他终于又来了，他的长脖子从窗眼里伸进来，眼睛古怪地一闪一闪。原来他的脖子很红，上面有一层金黄色的汗毛。她正在吃老况扔下的半包蚕豆，蚕豆已经回了潮，软软的，有股霉味儿，嚼起来一点响声都没有。

"你吃不吃酸黄瓜？我还腌的有好多。飞机在头顶上叫一上午了，我生怕我的脑袋会轰的一声炸成碎片。"她听出自己声音的急切，立刻像小姑娘那样涨红了脸，腋下的汗毛一炸一炸的，把腋窝弄得生痛。有一会儿，他沉默着，于是她的声音也凝结在半空中，像一些印刷体的字。

他在屋里走来走去，到处都要嗅一嗅，他的动作很轻柔，扁平的身体如在风中飘动的一块破布。最后他落在书桌上，两条瘦长的腿子差不多垂到了地上。书桌上有一层厚厚的灰，他一坐上去，灰尘立刻向四处飞扬起来，钻进人的鼻孔里。"这屋里好久没洒过杀虫药了。"他肯定地说，"我听见夜里蚊虫猖狂得不得了。我还听见你把它们拍死在板壁上，这上面有好多血印。"

"蚊虫倒不见得怎么样，身上盖的毯子却发了疯似的，老要从窗口飞出去。我每天夜里与这条毯子搏斗，弄得浑身是汗，像是掉进了泥潭。"她不知不觉诉起苦来了。她忽然觉得，这个男人，夜里咯咯地磨牙的人，她很需要和他讲些什么亲切的悄悄话。"屋角长着一枚怪草，像人头那么大。天花板上常常出其不意地伸出一只脚来，上面爬满了蜘蛛。你也在这个屋顶下面睡觉,相类似的事,你也该习惯了吧?"

"对啦,相类似的事,我见得不少。"他忽然打了一个哈欠,显出睡意朦胧的样子来。

她立刻慌张起来,她莽撞地将赤裸的手臂伸到他的鼻子底下,指着上面隆起的血管,滔滔不绝地说:"你看我有多么瘦,在那个时候,你有没有注意到夹竹桃?夹竹桃被热辣辣的阳光一晒,就有股苦涩味儿。我还当过短跑运动员呢。你看到我的时候,我就跟你一个样了。我们俩真像孪生姊妹,连讲起话来都差不多。我做了一个梦醒来,翻身的时候,听见你也在床上翻身,大概你也刚做了一个梦醒来,说不定那个梦正好和我做的梦相同。今天早上你一来,提到那件事,我马上明白了你的意思,因为我也刚好正在想那件事。喂,你打起精神来呀。"她推他一把,那手就停留在他的背脊上了。"昨天在公园里,一棵枯树顶上长着人的头发……"

她来回地抚摸着他的背脊。

他缩起两条腿,像老猫一样弓着背,一动也不动。

"这些日子,我真累。"他的声音嗡嗡地从两个膝盖的缝里响起来,说着又打了一个哈欠,"到处都在窥视,逃也逃不开。"

"真可怜。"她说,同时就想到了自己萎缩的肚子,"楮树上已经结果了,等果子一熟,你就会睡得很熟很熟,这话是你告诉我的。从前母亲老跟我说:别到雨里去,别打湿了鞋子。她是一个很厉害的女人,打起小孩来把棍子都打断了。她身上老长疮,就因为她脾气大。不过那个时候,我还是睡得很熟很熟,一个梦也没做。"

"我到厕所去解手,就有人从裂开的门缝那里露出一只眼睛来。我在办公室里只好整天站着,把脸朝着窗外,一天下来,腿子像被人打断了似的。"

"真可怜。"她重复说,将他的头贴着自己干瘪的肚子。那头发真扎人,像刷子一样根根竖起。

后来他从桌子上下来,她牵着他到墨黑的蚊帐里去。

她的胯骨在床头狠狠地撞了一下,痛得她弯下了腰。

床上的灰尘腾得满屋都是,她很懊恼,但愿他没看见就好。

她还躺在床上,盖着那条会飞的毯子,他已经回家去了。

他坐过的桌上留下一个半圆的屁股印。

在他来之前,她盼望他讲一讲地质队的事。然而他忘记了,她也忘记了。

很久没洒杀虫药,虫子在屋里不断地繁殖起来。近来,那些新长出来的蟋蟀又开始鸣叫了,断断续续地,很凄苦,很吃力,总是使她为它们在手心里捏一把汗。老况说这屋里是个"虫窝",或许他就是因为害怕虫子才搬走的。三年前,婆婆在他们房里发现了第一只蟋蟀。从那天起,老况就遵从婆婆的嘱咐买回大量杀虫剂,要她每天按时喷洒两次。虽然喷了杀虫剂,蟋蟀还是长起来,然而都是病态的,叫声也很可怜。婆婆每回来他们家,只要听到蟋蟀叫,脸上就变了色,就要拿起一把扫帚,翘起屁股钻到床底下去,乱扑乱打一阵,将那些小东西赶走,然后满面灰垢地爬出来,高声嚷嚷:"岂有此理!"有时老况也帮着母亲赶,娘儿俩都往床底下钻,两个大屁股留在外面。完了老况总要发出这样的感叹:"要是没有杀虫剂,这屋里真不知道成个什么体统!"今天早上从床上爬起来,听着蟋蟀的病吟,拍着干瘪的胸部和肚子,想起好久没洒杀虫剂了,不由得快意地冷笑起来。下一次老况来拿东西,她一定要叫他将后门也钉上铁条,另外还要叫他带两包蚕豆来(现在她夜里也嚼起蚕豆来了)。她又想另写一张字条叫人送去。她打开抽屉找笔,找了好久,怎么也找不到,只得放弃了这个想法。

结婚以后,她的母亲来看过她一次。那是她刚刚从一场肺炎里挣扎出来,脱离了危险期的那一天。母亲是穿着黑衣黑裤,包着黑头巾走来的,大概是打算赴丧的,她吃惊地看着恢复了神智的她,别扭地扯了扯嘴角,用两个指头捏了捏她苍白的手指尖,说道:"这不是很好嘛,很好嘛。"然后气冲冲地扭转屁股回家去了。看她的神气很可能在懊悔白来了一趟。自从老况搬走之后,有一天,她又在屋子附近看到了母亲穿着黑衣黑裤的背影,她身上出着大汗,衣服粘在肥厚的背脊上。隔着老远,虚汝华闻到了她身上透出的那股浴室的气味,一种熟悉而恶心的气味。为了避免和母亲打照面,她尽量少出门,每天下班回来都几乎是跑进屋里,一进屋就放下深棕色的窗帘。一天她撩起窗帘的一角,竟发现了树背后的黑影。果然,不久母亲就在她的门上贴了一张字条,上面写着很大的字:"好逸恶劳,痴心妄想,必导致意志的衰退。成为社会上的垃圾！"后来她又接连不断地写字条，有时用字条包着石头压在她的房门外面，有时又贴在楮树的树干上。有一回她还躲在树背后，趁她一开门就将包着石头的字条扔进屋里，防也防不着。虚汝华总是看也不看就一脚将字条踢出老远，于是又听见她在树背后发出的切齿诅咒。楮树上飞来金龟子的那天夜里，她正在床上与毯子搏斗，满身虚汗，被灰呛得透不过气来，忽然她听到了窗外的脚步声，"嗵！嗵！嗵！……"，阴森恐怖。她战栗着爬起来，用指头将窗帘拨出一条细缝，看见了从头到脚蒙黑的影子，影子摇曳着，像是在狞笑。虽然门窗钉满了铁条，她还是怕得不得了，也不敢开灯，隔一会就用手电照一照床底下，门背后，屋顶上，生怕她会意想不到地藏在那些地方。她在窗外"嗵！嗵！嗵！"地走过来，走过去，还恶作剧地不时咳嗽一下。一直闹到天明她拉开窗帘，才发现窗外并无一人。"也许只是一个幻影？"虚汝华惴惴地想。接下去又发生了没完没了的跟踪。当她暂时甩脱了身后的尾巴，精疲力竭地回到小屋里，轻轻地探着肋间的排骨时，她感觉体内已经密密地长满了芦秆，一呼气就轰轰地响得吓人。昨天上午，母亲在她门上贴出了"最后通牒"。上面写着:"如果一意孤行,夜里必有眼镜蛇前来复仇。"她还用红笔打了三个恶狠狠的惊叹号。当她揭下那张纸条时,她发现隔壁那女人正将颈脖伸得很长向这边看,她一转身,那女人连忙将颈脖一缩,自作聪明地装出呆板的神气,还假作正经地对着空中自言自语:"这树叶响起来有种骚动不安的情绪。"后来她听见板壁那边在窃窃地讲话。

"我觉得悲哀透——了。"隔壁那女人拖长了声音。

"这件事搞得我就像热锅上的蚂蚁。"另一个陌生的声音说,"人生莫测……请你把镜子移到外面来,就挂在树上也挺方便,必须继续侦察,当心发生狗急跳墙。"

声音很怪异,使人汗毛竖起。

"我在这里踱来踱去,有个人正好也在我家的天井里兜圈子。周围黑得就像一桶漆……这已经有好几天了。"那个怪声音还在说。

门吱呀一响。她急忙撩开窗帘,看见母亲敏捷得像只黑山猫,一窜就不见了。原来是母亲在隔壁讲话!

"那母亲弄得心力衰竭了呢,真是不屈不挠呀。"慕兰用指头抹去嘴边的油脂,一边大嚼一边说,"有人就是要弄得四邻不安,故作神秘,借此标榜清高。其实仔细一想什么事也没有,不过就是精神空虚罢了。"

"撮箕里的排骨渣引来了蚂蚁,爬得满桌全是。"更善无溜了她一眼,聚精会神地用牙剔出排骨上的那点筋。"我的胃里面填满了这些烂烂渣渣的排骨,稍微一动就扎得痛。"

"天热起来了。"慕兰擦了擦腋下流出来的汗,"我的头发只要隔一天不洗,就全馊了,我自己都不敢闻。"

第二章

一

第一枚多汁的红果掉在窗台上时,小屋的门窗在炎热里哗哗啪啪地炸个不停了。天牛呻吟、金龟子嗡嗡,屋里凝滞的空气泛出淡红色。擦着通身大汗,虚汝华吃了两根酸黄瓜来醒脑子。

"我一闻到酸黄瓜的香味儿,就忍不住来了。"门一开,男人长长的影子投进屋里。

"你们不是要在树上挂镜子吗?"她怨恨地说,"要侦察我呢。"

他无声地笑着。原来他的牙齿很白,有两颗突出的犬牙,很尖利,是不是为着吃排骨而生的?一想到他牙缝里可能残留着排骨渣子,她就皱了一下眉头。每一次他们家炖排骨的味儿飘过来,她都直想呕吐。

"每一夜都像在开水里煮,通身湿透。"她继续抱怨，带点儿撒娇的语调，连她自己听着都皮肤上起疙瘩。她指了指肚子："我的体内已经长满芦秆了，瞧这儿，不信你拍一拍，声音很空洞，对不对？从前我还想过小孩的事呢，真不可理解呀。我时常觉得只要我一踮脚，就会随风飘到半空中。所以我总是睡得不踏实，因为这屋里总是有风来捣乱。人家说我成天恍恍惚惚的。"

在床上，他的肋骨紧擦着她，很短，很难受的一瞬间。

在她的反复要求下，他终于讲了一个地质队的故事。

那故事发生在荒蛮之中，从头至尾贯穿着炎热，蜥蜴和蝗虫遍地皆是，太阳终日在头顶上轰响，释放出红的火花。

汗就像小河一样从毛孔里淌出来，结成盐霜。

"那地质队，后来怎样了？"她催促着他。

"后来？没有了。只不过是短暂的一瞬，毫无意思的。有时候我忍不住要说：'我还干过地质队呢。'其实也不过就说一说罢了，并没有什么其他意思。我这个人，你看见我的时候早就是这么个人了。"

"也许是欺骗呢！不是还有结婚的事吗？"她愤愤不

平起来。

"对啦,结婚,那是由一篮梅子引起的。我们吃呀吃的,老没个完,后来不耐烦了,就结婚了。"

"你真可怜。"她怜悯地来回抚着他的脊背,"你还没开口,我就知道你要说些什么,你这么像我自己。等将来,我要跟你讲一讲夹竹桃的,但是现在我不讲,我还有一包蚕豆呢,是老况托人送来的。"

他们俩在幽暗里嘣隆嘣隆地嚼着蚕豆,很快活似的。

一只老鼠在床底下的破布堆里临产,弄出窸窸窣窣的响声。

蚕豆嚼完了,两人都觉得很不自在。

"这屋里很多老鼠。"他说,带点儿要刺伤她的意味。

"对呀,像睡在灰堆里,一身黏糊糊的。"她惭愧地回答,心里暗暗盼望他快快离开。她瞟了一眼肚子,只觉得皱纹更多、更瘪了。她记起早上她为了他来,还在脸上擦了一点粉呢。她脸朝着墙,看见酸汗从他腋下不停地流出来,狭长的背部也在淌汗。他的头发湿淋淋的,一束一束地黏在一起。好像经过刚才一场,他全身的骨架都散了,变成鳝泥鳅一类的动物了。现在他全身都是柔滑的、布满黏液的,她隐隐约约地闻到了一股腥味儿。

"最近我生出了一种要养猫的愿望。"他说,还是没有要起身的样子,"我已经捉到了一只全黑的,很精瘦,眼睛绿森森的,总是不怀好意地在打量我。你的金鱼,怎么会死的呢?"

"老况说这屋里凶杀的味儿太浓了,金鱼是吓死的。最近我对剪贴图片发生了兴趣,有时我半夜起来还搞一阵,贴出各种花样来。我有一个计划,将屋里糊墙纸全部撕掉,贴上各式图片。这样只要一进屋,神经就受到了图片的刺激,就不会感到心慌意乱了。你老是睡在这里,一点都不觉得腻味吗?"

沉默,两人都在后悔刚才的胡言乱语。

更善无一跨出门去,就踩在一块西瓜皮上,仰天摔了一大跤。他揉着屁股定睛一看,发现门槛下一字儿排开四五块西瓜皮。后来他又在厨房里发现了西瓜皮,堆成一大堆,成金字塔形状。在搜集了西瓜皮扔到撮箕里去的时候,他看见岳父正用一把铁锹在房子的墙根起劲地刨,已经挖碎了两块砖。他的裤腿卷得高高的,露出多毛的细腿。

"滚!"他用力一撞,撞得岳父扑在地上。

他爬起来,拍了拍身上的灰土,将铁锹扛在肩上,边走边啐口水,还扬起拳头。

"爹爹拿走了你的青瓷茶壶。"慕兰哭丧着脸说。那茶壶是他心爱的东西。

"人都死了吗?!"他咆哮起来。

"我本来不准,但是他威胁说他会干出谋杀的勾当来。谁敢担保呢?也许他真的就会做得出来,我看见他杀过一个小孩……他已经半疯了,这都是受了你的刺激,原来你什么才能也没有,原来你骗取了我们一家人的信任,母亲也是被你气死的……为什么?"她竟抹起泪来。

"屎从喉咙里屙出来!"他骂过就一顿脚走进屋,睡到竹躺椅上,瞪着天花板上的蛛网穗子,发着痴。

他在听,他听见鸟儿在树上喳喳叫,啄得红果一枚一枚掉在地上。他想起她说的那只在心力交瘁中死掉的蟋蟀。那蟋蟀最后的叫声是怎样的呢?要听一听才好。好久以来,他就盼望着树上的那些果子变红,因为她对他说过,等树上结出红浆果,大家就都能睡得安稳了。所以当第一枚红浆果掉在窗台上时,他简直欣喜若狂!然而他并不能睡得很安稳,当天夜里他就失眠了。他仍然受着炎热的煎熬,他在树下走来走去,用手电照着地上那些红浆果,一脚一脚地将它们踩扁。月亮很大,他的影子投在地上,怪好笑的。那女人的呻吟震响着闭得很严实的窗户,窗户底下就有那么一只心力衰竭的蟋蟀。她正在噩梦里搏斗,很柔弱,很艰难,难怪她早上总是汗水淋淋。有的人并不做梦,他们的夜是不是一团漆黑呢?有一次他忍不住问了慕兰这个问题,没想到女人直瞪瞪地看了他老半天,忽然一拍掌,号啕大哭起来,哭得他头发都竖起来了。后来她偷偷地在枕头底下塞了一只闹钟,半夜里毛骨悚然地闹将起来,她一睁眼就跳起来,倒一大杯水,逼着他吞下一粒黄不黄黑不黑的丸子,那丸子有股鸡屎味儿,他怀疑是鸡屎做的。这种把戏一直延续到有一回他在狂怒之下用菜刀剁烂那只闹钟为止。当时慕兰躲在柜子后面,吓得面无人色。慕兰传染上了他的失眠症,从那以后也睡不安了,虽然不做梦,却老在床上滚来滚去,伤心地放着臭屁,唠叨:"自从认识到他的才能范围之后,消化功能就出了毛病。"黑猫又叫起来了,很饥饿,很凄惨。那只猫是女儿凤君的死敌。昨天他下班回来,看见她揪出猫的尾巴,正要举刀去剁。他一声大喝,刀子掉在地上。"我正在吓唬它呢。"她虚伪地笑着,那神气极像她外公。昨天与隔壁女人躺在床上时,他发现自己捏死了一只臭虫,他将血迹擦在床沿上,心里暗暗打定主意再不到这床上来睡觉。

"你们屋里有没有杀虫剂?"邻居麻老五探出下巴上生了一个大肉瘤的头,微笑着问。

他心中一惊,冷冷地说:"早用完了。"

老头不甘心,钻进屋子,眼睛溜来溜去的。"就这个也行嘛。"他顺手拿了一瓶驱蚊水向外走。

"那是驱蚊水,我们要用的!"更善无喊道。

"很好,很好!"他假作糊涂地答道,撒腿就跑远了。

"你怎么能放他进来呀?"女人像猫一样钻进来了,"他是一个贼!他上别人家借东西,其实是去侦察形势,夜里好去偷。你真是痴呆得很!"

"我倒希望他来偷一些什么去,有什么大不了的?你父亲天天来偷,你心里还暗暗高兴呢。要一视同仁嘛。"

"有点什么发生,闹一闹,弄出点响动,倒也不错的,免得心里老是害怕。你的父亲,夜里潜伏在我们厨房里……我真想不通。"他含含糊糊地说。

"那个林老头,这是第三次拉屎拉在裤裆里了。"慕兰已经忘了刚才的龃龉,又兴致很好地说起话来。

"林老头?你们是一个人罢。"他想着心事,不知不觉说出了口。

"造孽呀。"

"我当真认为你们是一个人。"他认起真来了,"你不是老惦记着他拉屎的事吗?那分明就如同惦记自己一样。你一定带的有一个小本子,上面记着这些你要操心的事。我很赞成,这一来……"他仍旧看着窗外,盯着那只在树上摇摇晃晃要掉下来的红果,心里暗暗地为它使着劲。

"赞成什么?"她仔细观察他的表情,越来越迷惑。

"赞成你们的事罢。所有的问题都是这棵树引起的。你当然知道,首先是开花,满屋子花的臭味,现在又是结红果,不知还有个完没有。我已经这么久没睡觉了,有时困得发狂,简直担心自己会自杀。"

他脸上游离的表情使她没法发火,他肯定是中了什么邪,讲话才这么疯疯癫癫的。

"你和林老头其实是一个人。"歇了一歇,他又说下去,"当你在想一件事的时候,倘若你要去问问他,他一定也在想同一件事,你可以试验一下。其实你一点也用不着大惊小怪。比如住在我们这个屋顶下的人,就总是讲同样的话,做同样的梦……"他突然打住,因为意识到了自己是在重弹虚汝华的陈词滥调。她是不是隔着板壁在听呢?

"我和林老头怎么会是一个人呢?真岂有此理,要知道他拉屎拉在裤裆里,又是大家的笑柄。"她没有把握地辩解起来。

"那也一样。你笑他的时候,你自己就是一个笑柄,你讲起他来,我以为你在讲你自己。我看出来你心里害怕,你像小孩子一样异想天开,其实又有什么用呢?"

他老婆拼命将自己区别于那什么林老头。她们总要极力去笑别人,其实是因为心里害怕,怕暴露自己,才假装做出一副姿态,好像发现了什么惊人可笑的事。比如慕兰,就总将拉屎这类事记在小本本上,作为自己的发现,因为总得发现点什么,才好装出吃惊的神气。在他们认识的初期,她就开始搞这类把戏了。那时街上有一个炸油粑粑的老头,有一天,她挺神秘地将他唤到那老头的门口,要他从裂缝里朝里看,说是有"精彩的表演"。他弓着背看了好久,没看出什么名堂来,她却在一旁笑得直不起腰来了,还说什么"差点把我笑死"。原来她在笑他自己?他过了许多时候才明白过来。

"你干吗笑我?"他后来问。

"因为你是傻瓜。"

"那么你呢?"

"我怎么会是傻瓜。要是我是傻瓜的话还看得出你傻吗?"

"原来这样。"

他看透她了。

她却不知道,仍旧玩着那套老把戏。

所以他今天戳穿她,心里很痛快。

"吃饭前喝三口水是保持情绪平衡的有力措施。"老婆还在唠叨,"重要的是要有一种实际的态度,切忌精神恍惚。隔壁那一对是你的前车之鉴,以前我怎么观察也觉得他们的行为不可思议。那种自以为与众不同的、莫名其妙的举动导致了什么样的后果呢？这不是一个深刻的教训吗？要是……"

昨天所长对他大谈养鹦鹉的事，闪烁其词，七弯八拐地告诉他，如果他能为他物色到那种良种货色，他将会在他心目中留下良好的印象等等。要知道饲养鹦鹉，这是一种高尚的娱乐。所长说话的时候，眯缝的笑眼透出凶光。而他，竟在谈话之间显出迷惑的神态，思想开了小差，而且在末尾毫不得体地插了一句话："您老是不是养猫？"所长拍着他瘦骨嶙峋的背脊，用吓死人的音量大笑起来，一直笑得流出了两粒细小的泪珠。

麻老五肯定已将那瓶驱蚊药水洒在屋里了。这可恶的老头子，裤子从不系好，动不动就掉下来，露出那可怕的东西。他养着一只脱光了毛的白公鸡。他几乎每天都要去拼命追那只小公鸡，有时还用石块朝它身上扔，将它背上打出几个肿块来才罢手。这老头极瞧不起他，每次看见他夹着公文包，猥猥琐琐地从街上走过，他就从鼻子里哼一声，说："低能。"有时故意将这两个字说得很响，好让他听见。被这老头鄙视这件事使他万分苦恼，因为他每天上下班要经过他的家。他想过种种办法来逃避,比如躲在老头家对面的公共厕所里,看见老头一进去,马上出来从他门口一冲而过;或者拉一个同事一起走,边走边谈话,假装根本不注意他。但这麻老五竟是十分执着的人,自从看出他的逃避勾当之后,他比往常更勤快了。他往往估计好他上下班的时间,然后耐心地守候,一等他走近马上迎出来与他打个照面,然后,对着他的背影用怜悯的口气说出那使他发狂的字眼。这已经成了他一种最大的赏心乐事,哪怕落大雨大雪,他也必定准备好一把油布伞站在门口恭候他的来临。有一天他感冒没去上班,躺在床上,心里庆幸逃脱了老头的侮辱。一抬眼,看见窗外站着一个戴草帽的人影,很面熟,那人一钻就不见了。他想了好久才想起来他是麻老五,原来他化了装来调查他的病情来了。

"这屋里有点儿潮。"老婆厂里的科长在前面房里大声嚷嚷。

"那家伙是个傻瓜。"老婆叹了一口气,很烦闷似的。

"是傻瓜。"科长很响地打了一个饱嗝。

"而且又固执。"

"正是，又固执。"

"我要把你耳朵里的这两根毫毛剪下来，装在盒子里。"

"干什么？！你说得怪吓人的。"

"做个纪念，你这小猴子。"

"别叫我小猴子，我是小公鸡。"

"小蜘蛛，小跳蛋，小蝗虫，小……"

科长忽然发出一声母鸡下蛋的啼叫，接下去又是第二声，第三声……原来他在笑。笑了又笑，整个小屋都震动起来，地面发抖，碗柜里的碟子当啷作响，空气嗞嗞地锐叫。更善无心惊肉跳地捂住耳朵，打开后门逃到外面。差不多过了十来分钟，那怪笑才渐渐平静下来。屋里又嘭的一声闷响。他从板壁缝里一瞧，看见老婆和科长抱在一起，正在床底下打滚。"原来他们俩在打架。"他松了一口气，"那床底下有蝎子呢。"

科长出去后，他和慕兰也打起架来了。开始是闹着玩，他将她推在床上搔痒。忽然他情不自禁地踢了她一脚。她尖声叫着，扑上来咬他，死死地搂住他的脖子，用尽全身劲将他的头朝壁上乱碰。他被憋得出不了气，全身厌恶得发抖。最后他终于挣脱出来,发疯地朝她身上要害部位猛踢。女儿进来了,冷静地在一旁观察了好久,忽然捉住那只黑猫朝他们中间扔来。他俩一愣,同时住了手。女儿鄙视地笑着,溜出去了。黑猫将他油污的裤腿当作了练功的柱子,欢快地在上面练它的爪子。

"我活得真费力,"他对慕兰说,"这都是由于失眠引起的。"

"我们应该对隔壁那女人加强监视。最近她通夜不熄电灯,我总在半夜看见板壁缝里透着灯光。我有一次偷看到她正在搜集女人屁股的图片,她的壁上贴满了这类屁股,真是不堪入目。也许她在暗地做贩卖淫画的生意?"

她出去了。他拿起她的一只皮鞋,扔到后面的阴沟里,然后嘻嘻地笑了一阵。麻老五对他的侵犯已经到了忍无可忍的地步,今天他当众死死揪住他的手臂,将一只臭虫塞到他手里,然后跳开去,向围着观看的人宣布:要将他的私人秘密公布于众。他吓破了胆,抱头鼠窜。

"我要活一百岁!"麻老五在他背后宣告。

二

她找出一大沓报纸,剪成细的长条,然后搬来梯子,爬上去将板壁的每一条缝都仔细地封死了。她忙乎到半夜,身上不断地流出酸臭的汗液,屋里的灰尘又在她身上画出一道道污迹。

他们闹起来的时候,她一直坐在家里。她的窗帘破了一个大洞,一只丑陋不堪的麻点蛾子从那个洞里爬进来,撒了一泡黄水,还在窗帘上密密麻麻地产了一大片卵,叫人看着身上一阵阵发麻。炎热是一天天地厉害了,她一进屋就将全身脱得精光。在镜子里面看见熟悉的、皱巴巴的肢体,她又模模糊糊地想起了那个男人,那个瘦长的身影。在她的记忆中,他就是这么一个飘浮的东西,怎么也无法抓住。她使劲地回忆他们睡在床上的情形,总是只得到一些零落的、似有似无的片段。桌上的灰已被她扫去了,连半圆形的屁股印子都没留下。也许她完全弄错了?在一开始,她的确有过一种类似欲望的东西。自从最后一次和他吃完了那包蚕豆,他讲了地质队的事之后,她觉得欲望完全消失得无影无踪了。(也许原来就不存在的,不过是她自欺的想法?)好些天来,她一直在提心吊胆,生怕他出其不意地闯进来。她将门闩好,躲在蚊帐里面,汗流浃背,懊恼不已。他们闹起来的时候,她听得清清楚楚,但是她并不关心,她正在紧张地注视那只蛾子,生怕它飞到床上来产卵。"那男的是一个鬼鬼祟祟的怪物。"她心平气和地想。她已经忘了她说过他像自己这码事了。帐子里很闷,两只大苍蝇在帐顶嗡嗡叫着,滚成一团在那里交媾。外面太阳很毒,然而白天是昏沉的。在她的记忆中,白天总是昏沉的,楮树和小屋总是沉沦在那昏沉的底里,蚊虫在紧闭的屋里唱着窒闷的歌。亮晶晶的白天只有从前才有,那是与夹竹桃的苦涩一起到来的,那时满树的叶子就像着了火,地上有一个一个的小圆圈,像撒了一地的银元。那时听不到蟋蟀的病吟,只有两只斑鸠温柔地、梦呓般地从早到晚啼叫。她的父亲是一个工程师。"她将来要继承父业。"小时母亲时常对人吹牛。但是她没能继承父业,她成了一个卖糖果的营业员。母亲因此恨透了她,发誓:"要搅得她永远不得安宁。""这家伙要了我的命。"她逢人就诉说,还哭起来,"真是一条毒蛇呀,为什么?!"她这人总喜欢耿耿于怀,或许父亲就因为这个受不了她,去和街上一个摆香烟摊子的老太婆姘居了。母亲每天上街买菜总看见他从那老太婆的矮屋檐下钻出来,但她放不下臭架子,只好装得若无其事的样子。老况昨天又托人送来一包蚕豆,这一次炒得更硬,嚼久了很不舒服,太阳穴胀得不行。下班的时候,她看见老况被婆婆紧紧地挽着臂在街上溜达。婆婆穿着一件鲜亮刺目的绉纱衣裳,头上还是戴着那顶破烂的草帽,干枯平板的身子像斧头砍出的一般。老况脸上大放油光,显出和往日大不相同的、自信的神气,劲头十足地飞起一脚,将一块路上的碎砖头踢出老远。"生活要有明确的奋斗目标。"听见婆婆斩钉截铁地说,还把烂草帽自负地从头上摘下来,胸有成竹地抖掉上面的灰。她经过他的面前时,婆婆看见了她,镇定地、蔑视地向她点了两下头,然后目标明确地挽着老况,从她身边一擦而过。"这顶草帽对于我有非同寻常的意义……"她的语气那么热切,为的是掩饰内心的空虚。"原来她还搽香水呢。"她一看到这两个人在一起那种一本正经的神态,总忍不住要笑。但这次她不敢笑,因为她发现谁家窗帘在抖,有人躲在帘子后面观察她。那人推开窗,弄虚作假地漱了好久的喉咙,朝外面吐了口唾沫,翻着白眼打量了她一眼,又关上了窗,兴许还躲在帘子边上。婆婆他们已经走远了,声音还是顺着风不停地传到她耳朵里来,"保持心明眼亮,就会产生使不完的劲儿……"。

白天是昏沉的。在白天,桌上居然有成群的老鼠穿梭,跳出弹性的、沉甸甸的脚步声。她一闭眼,立刻就看见向日葵的花盘,一个又一个,热烘烘的、金黄的……

"我真活不下去了呀。"他的声音拖着哭腔。她看见他头上的皮屑将肩头弄出一片白色。

"你一点也不冲动,别装佯了。"她打开门,两臂交叉,傲慢地瞪着他,"你这种样子不是太可笑了吗?这上面有一只怪蛾子,老扒着不肯走,你替我打死它罢。"她指了指扫帚。

他猫着长腰接近蛾子的所在,用扫帚猛地一扑,蛾子掉在地上。

"也许,我是太不坚强了。"他发着窘,"当然你都听见了的,并没什么大不了的事,是这样吗?我的样子就像一个卖老鼠药的婆子。"

"完全是自作多情。"她舒了一口气,一脚踏死了蛾子,"你变得像我母亲了。我母亲这种人生活真不容易,一天到晚老是那么愤愤地,老是那么上窜下跳,辛苦得很呢。我有时真想不出她怎么还能活到今天,也许她终究要得癌症死掉的。"

"最近我没做什么梦。"他嗫嚅地告诉她,退到了门边,似乎打算去开门。

"当然,你忙得不得了。"她谅解地说,"你一直想变一变看看。我想你或许会有成效的,你一直在努力,这有多难,无法想象……"

"难极了,我简直是一个白痴。"他满腔忧愤,站住不动了,"所有的人,讲什么话,做什么事,都规定得好好的。而我,什么也不是,也变不像,哪怕费尽心机模仿别人走路,哪怕整日站在办公室的窗口装出在思索的样子,腿子站断。其实我也是被规定好了的,就是这么一个什么也不是的人。"停了一停,他又说,"几十年来,我一直这样,你怎样?"

"我?啊,我老是想不起你来。在我看来,你是一个影子一类的东西,你的确什么也不是。其实我也这样,但是我不为这个苦恼,也不去想变的事,我已经干涸了,我早告诉了你,长满了芦秆。我只有一件要苦恼的事,就是这条毯子,我打算睡觉前将它钉在床沿上,免得它再飞。在我们这类人里,有的想变,成功了,变成了一般的人;但还有一些不能成功,而又不安于什么也不是,总想给自己一个明确的规定,于是徒劳无益地挣扎了一辈子。我觉得你也不能成功,你的骨头这么笨重,又患着关节炎,你在人前转动你的身体都十分困难。你看,我就这个样,我吃腌黄瓜,过得很坦然。"

"邻居假装来跟我借杀虫药剂,当我的面把驱蚊药水抢走了,我老婆说这屈辱得很呢。"

"这一点也不屈辱,其实你也一定没感到屈辱,对不对?干吗要来这里装佯呢?这多不好。你根本用不着那么怕他,我是说那个邻居。在黑暗中,你听见树干发出的爆裂声没有?这棵树真是狂怒得很呢,我看见满树的叶子都爆出了火星……"

"我这一向没做什么梦,我得走了。"他出去了,没有在桌上留下半圆形的屁股印子。

他说"我得走了"的时候,那种做贼心虚的神气,她看了觉得挺开心的。她注意到他身上的那件汗衫已经十分脏、十分油腻了，靠腋窝处还有个地方散了线缝，他穿着它显得可怜巴巴的。他的女人大概已经跟他闹翻了，才不肯帮他补汗衫，而他，还要假模假样地说什么"这一向没做什么梦"。真是怪事。

其实他听见了树干的爆裂声，也看见了叶片上的火星，他说没做梦是因为心里羞愧。当时他跳起来关紧了窗户，因为数不清的蛾子正带着火星飞进屋里来。在窗外，惨白的月光下，一动不动地站着一个披头散发的裸体女人，那身体的轮廓使他蓦地一惊，身上长满了疹子。他想来睡，后脑勺刚一接触枕头，就被什么尖锐的东西扎了一下。他将枕头拍打了一阵，翻了一个边，刚一躺下，又被更狠地扎了一下。"哎哟！"他失口叫出了声。那女人正站在窗玻璃外面，干瘪的乳房耷拉下来，浑身载满了火星。她无声地动了动嘴唇。

"你折腾些什么？"老婆重重地踢了他一脚。

"红果不停地掉在瓦片上，你一点也没有听见？你看看窗外吧，有样怪东西站在那里。"

"胡说，"她趿着鞋走到窗口，打开窗向外探了探头说，"呸！别吓人啦，大概是我白天挂的那面镜子的反光。它扰得你不能睡觉？你的神经真是太脆弱了，你怎么这样娇气，我上去把它取下来。"她嗵嗵嗵地走出去，又嗵嗵嗵地进来了，"明天是不是去找那法师来驱一驱邪，有人私下告诉我，说我们这小屋闹鬼，已经闹好久了。你知道我干吗要用镜子来侦察隔壁的举动吗？我一直在怀疑！他们驱过邪，不管用，后来那男的才搬走了的。你注意到了没有？那女的肯定已经被缠上了，有天夜里我听见她在屋里跟什么东西撕打，弄得乒乒乓乓直响呢！你千万别朝她看，她的眼睛里面有一根两寸长的钢针，我看见她朝一个小孩身上发射，那小孩痛得哇哇直叫。"

因为和所长的那次谈话，他成了众人的笑柄了。那一天，安国为在办公室里大喊大叫地冲他说："喂，你有没有良种猫？请捐献一只！"其余的人都在交头接耳，挤眉弄眼，其中一个还用指头蘸着唾沫，大模大样地在蒙灰的玻璃上画了一只猫。他怔怔地站着，那伙人却又追赶起一只老鼠来了。叫叫嚷嚷，碰碰跌跌，还乘机将他推过来，撞过去，一下子将他挺到墙上，一下子又将他挺到桌子边。

"我并不养猫……"他揉着碰痛了的腰,吞吞吐吐地说。

"他说什么?"所有的人都停下来,老鼠也不追了,满怀兴致地朝他围拢来,死死地盯紧了他。

"你说什么?"

"我正在说……我打算说——我有一种特殊的自我感觉。"他胆怯地看着这一伙人。不敢往下说了。

"天老爷!"所有的人都蹦起老高老高,乐得要死,"他说他有特异功能!同志们!这家伙不是在吹牛吗?哈哈哈!!"

"哈哈哈。"他也迟疑地笑起来,因为总得表示点什么。

老鼠又从桌子底下跑出来了,大家一窝蜂地去追老鼠,他忽然觉得自己仿佛也成了他们当中的一员,于是也去追老鼠。

"且慢!"安国为抠住他的脖子,"我要把这事报告所长,他并不养猫。"他笑眯眯地说。

他心怀鬼胎地熬了好多天,所长却没来找他,甚至远远见了他都要绕弯儿避开。只是有一回,他偶然在办公室门外偷听到了所长对他的评价,说他是"一只滑稽的老鹦鹉",说过就又用那种吓死人的音量大笑起来。"我的脚趾头为什么这么痒?呃?"他上气不接下气地说,"我一笑脚趾头就痒得不行,该死的东西!"

一个雨蒙蒙的早晨,麻老五又当街拦住他,还将发绿的鼻涕甩在他的裤管上。于是他下定决心要脱胎换骨了,他鼓起勇气朝所长家里走去。

屋里乱糟糟的情况使他大吃一惊,他还以为走进了废品收购站。五花八门的东西一直堆到了天花板,两个大阁楼全被压得摇摇欲坠,他使劲眨了眨眼,从那数不清的、蒙灰的什物堆里认出一个盛酒的坛子,一把没把的铁锹,一串念珠,一摞粗瓷碗,一个鸟笼(里面站着两只半死不活的鹦鹉),一大束女人的长发(颇为吓人地从阁楼上垂下来),一张三条腿的古式床,一大堆生殖器的石膏模型,一副鲨鱼骨头,一只断了的拐杖,等等。在一个角落里,所长和他夫人正在吃饭,饭菜都摆在一个竹制鸡笼上面,鸡笼里还养着一只黄母鸡。所长的夫人像一个墨黑的泥人,眼珠子一动也不动。

"我也许能……"他讷讷地开口。小心地挪动脚步,绕过那些杂物,"我想过了,我有办法搞到那种良种货色。"

"嘿嘿?"所长翻着白眼,停止了咀嚼,将酒糟鼻子伸到他衣服上仔细地嗅了几嗅,"你觉得印象怎样?这下我可让你大开眼界了吧?你看见那副鲨鱼骨头没有?你有什么感想?现在你可以到所里去吹牛啦,你真运气!不过我这两只东西确实糟透了,哪里是什么鹦鹉,简直是乌鸦!我说你别坐在那张床上,它只有三条腿,你可以坐在这个鸟笼子上面,我们有时将它当凳子坐,在有客人的情况下。等你帮我搞来良种货色,我就让你参观我后面两间房里的东西,不过现在还不行,你得先交良种货色,我可不打算给你白看,看了好去吹牛。你也别想打这种鬼主意,老弟,他们说你鬼得很,对不对?也许你在偷偷地干搜集邮票的勾当,好一鸣惊人?呸,这种事你得跟我好好学。"

"实际上,我有一种很严肃的想法,我正打算脱胎……"

"嘘!别说话!近来我的心脏跳得很不正常。这就对啦,这就对啦。"他宽宏大量地拍拍他的背脊,忽又想起了什么,"你至迟不能超过后天,要是超过了后天,我就不让你参观我后面房里的宝贝了,你听明白没有?要是看不到我的宝贝,你要后悔一辈子的,一直后悔到坟墓里去!"他竖起一个胖指头,警告地在他脸上戳了一下,"第一流的!举世无双的!明白了没有?"

近来他感到自己日渐衰老了。偶尔他还记得地质队的事,然而那些情景都已经退得极遥远,缩成了一个模糊的小光斑。时常在白天里,他发现自己在干一些不可思议的事:有一次他打算用一把锯把床脚锯断,还有一次他把尿撒在老婆的袜子上面。隔壁的女人竟能旁若无人地吃她的酸黄瓜,这件事想一想都使他心绪缭乱。他听见蚊虫在她那个房子里拥挤着,简直像开运动会。虽然板壁缝贴上了纸条,仍然可听到她的髋关节在床板上嘎吱地磨响的声音,还有那种衰弱的喘息。他的耳朵怎么反而越老越灵敏了呢?比如慕兰,就从来听不到什么。她听不到红浆果落在瓦片上,也听不到树干的爆裂声,她听不到蚊虫在隔壁房里喧闹,也听不到女人在床上辗转。她每天夜里都在床上放着消化不良的臭屁,从前她母亲放屁的毛病遗传给她了。有时他卑怯地问一问她听到什么没有,她总要大发脾气,说他这种人"天生一副卑微相貌""心里藏着见不得人的鬼事"。他喂的那只黑猫已经从家里出走了。偶尔它也回来,阴谋家似的嗅来嗅去,献媚地朝他叫两声,又匆匆地逃离了。他注意到它的尾巴只剩了半截,是不是女儿剁了呢?这么看来,她终于得手了。当他假意用玩笑的口吻谈起这件事的时候,女儿竟怪模怪样地哭起来,还说要跳到后面的井里去淹死,说她对这个家已经看够了,早就不耐烦了,倒好像她自己有多么清高似的!

终于有一天,当黑暗的窗口飘出热昏了的人的谵语时,最后一只红果嚓的一声,落到了瓦缝里。

三

"灵魂上的杂念是引起堕落的导火线。"这句话母亲已经说过五遍了,她正在吐唾沫。自从他搬回来以后,看见母亲每晚都坐在大柜后面的阴影里,朝一只纸盒里不停地吐唾沫,从来也不上任何地方去,也没人到她这儿来。开始他很惊讶,后来母亲告诉他:"我正在进行灵魂上的清洗工作。"于是从那天起,他迷上了搜集名人语录的工作。两个月来,他已经搜集了两大本,而且越干越有劲儿。"名人的思想里有无穷的奥妙。"他跟人说话开始使用这样的口吻,"只要想一想都叫人诚惶诚恐,五体投地。从前在我没有找到生活的宗旨的时候,我心中是一片漆黑,真不知怎么活过来的。现在一切都有了一种不同的情景,生命的意义已经展现出来……"本来他是一个沉默寡言的人,现在竟出乎意料地变得像老婆子一般,逢人就唠叨心中的事儿了。"新的生活使他很振奋,"有一天他听见母亲跟摆香烟摊子的老太婆说,(那老太婆是跟一个瘦骨伶仃的秃头工程师姘居的,她说他是一个妙不可言的人儿,"有种说不出的高级派头"。)"这就像一种崭新的姿态。你想一想吧,活了三十多岁,忽然整个生活的意义一下子展现在眼前!"每天傍晚他都和母亲到街上去散步,手挽着手,趾高气扬,他心中升起一种从未体验过的新奇感和自豪感。当这种情绪在他胸中涨满的时候,他总恨不得踢一脚路边的石子,恨不得捶一顿路边的电线杆,然后哈哈大笑,笑得浑身打战。有时他也不由自主地回想起楮树下的小屋里的生活,那就如一个朦朦胧胧的梦境,那种嚼蚕豆的不眠之夜,那种挣不脱的恐怖,现在体验起来仍然使他脸色发青,汗如雨下。"一切都是由酸黄瓜引起的,"他向母亲说道,"不正常的嗜好常常引起罪恶的欲念。我有一个同事的老婆,每天要吃臭豆腐干,有一年冬天买不到,她馋得发了疯,竟把她丈夫干掉了。真是沉痛的教训呀。""你老婆这种人并不存在,"母亲一字一板地从牙缝里说,那门牙上有两个蛀洞,"她终将自行消失。"然而她到现在还没消失,她在阴暗发霉的小屋里像老鼠一样生活,悄悄地嚼着酸黄瓜和蚕豆,行踪越来越诡秘。他每星期给她送去蚕豆,那惭愧的心情就如同喂着一只老鼠。"分开后感觉怎样?"有一天她口里吐着蚕豆壳随随便便地问他,好像他是她的一个邻居。"也许身心两方面都健康得多。"他红光满面地回答,同时就涌上一股莫名其妙的负疚情绪,他冲口而出又补充了一句:"你也可以搬过来住。"她冲他古怪地一笑,说:"现在这屋里的蚊虫简直像开运动会,你在夜里听见没有?在刮南风的时候,那声音兴许能传到你的枕边。"后来母亲称他那种负疚情绪为"残余的龌龊念头"。从那里搬出来之后好久,他才隐隐约约地听人讲起小屋闹鬼的事,他当晚就在床上捣鼓了一夜没睡,弄得好几天头昏脑涨,背心出冷汗。有的时候，他躺在窗旁，看见浮云从天边逝去，忽然很感动，甚至涌出了眼泪。"做到老，学到老。"他喃喃地自言自语，为一下子想到了用这句成语来形容自己的情绪而高兴。"你必须试一试吃蝉蛹。"母亲说，两只睁得圆圆的小眼很像鸡眼，"我的一个熟人试过了，简直有起死回生的作用。"

前天他从学校回家，看见岳母鬼头鬼脑地在酒店门背后将脖子一伸，等候着他走进去。他转身拔腿就跑。她在后面追着，高声大叫："骗子手！道德败坏的东西！我要送你上监狱去！"还捡起路边的碎石头投他呢。结婚以来，她一次也没上他们的小屋来过，从来也没承认过他是什么女婿。自从他从家里搬出之后，她却忽然对他们的私生活产生了极大的兴趣，整日整日在那小屋附近转悠，有时还当街拦住他，挥着拳头对他说，要将他的卑劣行径向学校领导做一个详细汇报。如果他不赶快醒悟，将是自取灭亡。边说还边跺脚，脸上沉痛的表情使他迷惑不解。"她一直等着这一天，"他去送蚕豆时虚汝华微笑着告诉他，"她的头发都已经等白了，你还没发现吗？现在她认定时机到了，就跳将出来。多少年来，不管日里夜里，她总在不断地诅咒,她这人太执着,太喜欢耿耿于怀了,看着她日子过得这般艰难,我都替她在手心捏一把汗呀。她快完蛋了,也许在做垂死的挣扎吧,我觉得她近来气色很坏。"他一回去就向母亲诉苦了:"那屋里的蚊虫就如强盗一般迎面扑来,朝你身上乱叮乱咬。喷筒啦,杀虫剂啦,全不知扔到什么地方去啦。我不知道她心里全在想些什么,真是岂有此理,都是酸黄瓜引起的,当初我竟会依着她吃……"母亲从鼻眼里吭吭了一阵,说:"有人告诉我,那屋里半夜传出狼嗥,真是阴森可怕呀。""对啦对啦,"他摆弄着名人的语录本,愁眉紧锁,"首先是金鱼的惨死,接着是暖水壶的失踪,当时我为什么不把所有的事联系起来想一想呢?我看了这么久,原来她已经完全无可救药了,原来事情是一场骗局,我完全弄错了。她一直企图咬死我……""这种女人终究会自行消失。"母亲又一字一板地说,"因为她从来就不存在。"

媒人介绍他们俩认识的时候,她已经是快嫁不出去的老姑娘,短头发乱蓬蓬的,从来也不用梳子梳理,只用指头抓两下了事。然而她一点也不固执,甚至像小孩一样毫无主见,正是这一点使他怦然心动。在她面前,他觉得自己仿佛是一个男子汉。他把她带到楮树下面的小屋里来,满脑子又空又大的计划,想要在屋前搭一个葡萄架,想要在后面搭一个花棚,这些都没来得及实现,因为蟋蟀的入侵把他拖得精疲力竭了。随着岁月的流逝,他才惶恐地发现,原来老婆是一只老鼠。她静悄悄地,总在嘎吱嘎吱地咬啮着什么东西,屋里所有的家具上都留下了她那尖利的牙齿印痕。有一天睡到半夜,他忽然觉得后脑勺上被什么东西蜇了一下,惊醒过来之后用手一摸,发现了手上的血迹。他狂怒地推醒了她,吼道:"你要干什么?!""我?"她揉着泡肿的眼,揉得手上满是眼屎,"我抓着了一只小老鼠,它总想从我手里逃脱,我发了急,就咬了它一口。""原来你想咬死我!""咬死?我咬死你干什么?"她漠然地对着空中喃喃低语,然后打了一个哈欠,倒下睡去了。他灭了灯,在黑暗中仔细倾听,听出来她的鼾声是虚假的,听出来她紧张得全身发抖。从那天起他就失眠了,不久就变成了神经官能症。后来她还咬过他好几次,因为他很警惕,伤势都不重。有一回咬在肩膀上,他醒来后她仍旧死死咬住不放,他只好扇了她一个耳光,把她从床上打落到地下去。他让她张开嘴巴,于是发现了牙间的淤血，原来她之所以死死咬住不放，是在吸他的血！有时他一下子意志软弱，怀疑起她是不是一个妖婆来，但他很快又打消了这种想法，他怕别人讥笑。他只好硬着头皮去捉蟋蟀，她则像机器人一样执行命令：每天喷洒三次杀虫剂，用棍子没个完地捣毁蟋蟀的巢穴，每天早上做几百下舒展动作（这是他熟识的一个医生的忠告），实行蚕豆疗法，睡觉时头朝东，等等。这些方案一点也没有起到应有的作用，他终于看着她一点一点地萎缩下去，变成了一颗干柠檬。她的牙齿慢慢地松动了，她不再咬啮什么东西，却开始吃起酸黄瓜来，而且腌了一坛又一坛。有时夜里一觉睡醒还起来吃一阵，整天嚼个没完。当他在屋里的时候，只要听见牙巴间"嘎嘣"一响，闭着眼也知道她在干什么勾当。虽然她尽量轻轻地嚼，那响声还是搞得他暴跳如雷，那一次他一下就砸烂了五个坛子，满屋子腌黄瓜气味熏得他通夜失眠，痛苦已极。她看着，若有所思，愁苦不堪。后来不知哪一天他发现，床底下又悄悄地摆起了五个新坛子。在他离开的前几天，她唆使他将屋里的窗子都钉上了铁条，说有个小偷在附近转悠，是不是要破门而入？他一边钉一边心里却在想：她是不是以疯作邪，打算在他熟睡时给他一下子？不然她讲话的当儿为什么眼里冒出那种邪火来呢？那几天睡觉他一直睁一只眼闭一只眼，到母亲接走他的时候他的神经已快错乱了。

"喂，"母亲端着纸盒，从大柜后面阴影里走出来了，一边吐一边说，"我的灵魂清洗工作结束了。我跟你讲一桩奇事，是摆香烟摊子的老太婆(她从来不提她的名字，也许不知道？)告诉我的。她说只要过了夜里十二点，王鞋匠的家里就传出桂花香，整条街都香遍。昨夜十二点，我使劲嗅了嗅，果然有那么一股味儿。今天中午我一直在考虑这事，弄得烦躁不安，午睡都没睡成。今天夜里我一定把这事调查个水落石出，说不定是搞什么阴谋呢。你吃过晚饭后不要闩门。我打算在他家门外守候到十二点，必要时还要查看他的耳朵，看看香味究竟是不是那里散发出来的。是不是报纸上讲的那种特异功能呢？要是那样倒也放下一桩心事。"

"妈妈，你看出来虚汝华现在变成什么东西了没有？"

"那个女人？"她将鸡眼凑近，从头到脚细细打量他。

"你没注意到吗？她早就变成一只老鼠了。人要是常模仿什么也许就会变成什么。过去她常模仿老鼠，在屋里咬来咬去的，现在果然变成了老鼠，一只牙齿松动的老鼠。有时我竟会起了这种念头，想在蚕豆里拌一点砒霜送去，悄悄地，就如毒死一只老鼠，这不是很卑鄙吗？"他迟疑了一下，害羞地补充说，"要是能离婚，其实我是很逗女人喜欢……"

"那种卑鄙念头你从来没起过，也不会去干。你怎么会起那一类念头呢？你从来也学不会自作主张去干一件事。那女人早就活得不耐烦了，她迟早会从这世界上消失得无影无踪。你时常软弱起来，以致丧失了信心。如果你每时每刻留心自己的一举一动，睡前别忘了服用消炎镇痛片，每天坚持灵魂的清洗工作，就会慢慢地强壮起来。别再提那种蠢事，你要我们成为大家的笑柄吗？你从小就很孱弱、很迟钝又特别喜欢想入非非、自作多情、忘乎所以，像你这种人根本不能结婚，当初你怎么会没意识到这一点呢？幸亏我——"她陡地截住话头，板着面孔不作声了。此刻她心里大概对他的愚钝觉得分外憎恨。她大声地、威胁地嗽着喉咙，用力朝纸盒吐去，翻着白眼看了他一眼。

"妈妈说得对,我完全是发疯了。"他在母亲的目光下沮丧地缩成一团,变成了一个大肉球,微微颤抖着。

"这就好了。"母亲缓和地说,两眼变得像毛玻璃那样混浊无光了。

他非常害怕母亲生气,只要母亲一对他生气,他就吓得走投无路,痛苦得活不下去。当天夜里他做了一个噩梦,梦见有人把他睡的那张床从身底下抽走了,他悬在半空中,落又落不下去。

"你没命地扑打些什么?"母亲在隔壁发问。

"床底下蹲着一只野猫,不断地要爬上床来,我正吓唬它呢。"

"你在心里背诵几条语录罢。"

月光像铺在地上的一长条尸布。

"你有没有碰见过野猫?"他说,竭力做出狰狞的鬼脸,"要知道野猫是很厉害的呢,你睡着了,它冷不防抓在你脸上。"

她陡然变了脸,向着天花板很快地说:"你找什么东西呀?你的喷筒和杀虫剂,我全扔到垃圾堆里面去了,因为你不在,这些东西放在那里挺碍眼的,还是扔了干净。我倒是很能习惯在蚊虫里面过活的呢。蚊虫喜欢围着我嗡嗡并不咬。听见蟋蟀叫,我就觉得很亲切似的。你走了之后,蟋蟀的叫声越来越自信、有力了。现在我睡得很安稳,用不着为它们的心力衰竭日夜操心。"

"墙上怎么扒着这么多蛾子?"

"是飞进来产卵的,很可怜,不是吗?"

"我拿来的蚕豆,你好好嚼烂罢,有人说这屋里闹鬼呢!"

"闹鬼的也许是我。我总是半夜里起来,将毯子甩得呼呼作响。要是你不搬走的话,说不定会被吓死,你的性格太软弱了。"

"或许是这样,"他伤心地叹了一口气,"你一直想咬死我。"

"……"

"你早就疯了,我怎么会没发觉。"

"……"

"你母亲就有疯病,你是遗传的。我从前还打算种葡萄呢，那些蟋蟀差点要了我的命。我一回忆往事就出冷汗，发夜游症，我母亲老说我患了迫害狂。"

"……"

"你好好嚼蚕豆吧。"

"你下回不要亲自来了。隔壁的在大树上挂了一面镜子，你来的时候看见没有？他们从镜子里观察你的形迹呢。我实在弄不清他们的用心何在，挺可怕的，对不对？说不定他们打算搞谋杀吧？"

四

当她闭上眼嚼着盐水豆的当儿，天花板上的石灰又剥落了一大块，这一次是露出里面的木条来了。八年来，她一直在这幢房子里苟延残喘，奇怪的是总不死。每次发病之后，她总能用细瘦的腿子颤颤巍巍地支起沉重的身躯，重又在屋里扶墙移动。稍一恢复，她就在天井里用箩筐捕麻雀，整天整天地守候。在天井里的墙上，钉着几十只麻雀的尸体，一律是从眼珠里钉进去的，外人看了无不目瞪口呆，满身鸡皮疙瘩。不久前她忽然食欲大增，一天一天地强壮起来了。有人告诉了她那边小屋里的事儿,她闻讯后立刻精神抖擞,全副武装,开始了她的监视活动。"原来如此!"她对卖油饼的老婆子嚷道,"想一想吧,八年的痛苦!凄惨的晚年!每天夜里臭虫的咬啮!你们有谁受过这种折磨?现在他终于看出这条毒蛇了!有一回我在街上看见他,好小子,他的一边脸古怪地抽搐着,脖子上伤痕累累,浑身散发出狐臭,可怜的家伙,他怎么会落到她手中的呢?这就好比苍蝇落进了毒蜘蛛张开的网,她吸干了他的血!这事到死都是个谜。也许他是一个白痴?我觉得他走路的姿势很特别,邻居说他把葡萄架搭在卧房里,我的天!"在她小的时候,她也曾对她抱过期望的,然而她天生的性格卑贱,歪门邪道。"汝华呀,你又把菜汤滴在衬衫前襟上面了!真腻心呀!你的脚步跺得那么响,我疑心你的鞋底是不是钉着铁掌呢!"那时她总是心烦气躁地喊。她明明听到的,却一声不响,仍旧低头弯腰,沿着墙根找蚂蚁的巢穴。她吃起东西来毫无顾忌,满不在乎地嚼得牙巴大响,完全酷似她那疯疯癫癫的父亲。有一回她用棍子打她,她忽然跳起来咬了她一口,刚好咬在虎口上。咬得很轻,像是被什么鸟啄了一下,那伤口竟肿了一个多月。后来她细细查看了她的牙齿,发现那些牙齿生得很古怪,十分尖利,过于细小,简直不像人的牙齿。在她睡着了的时候,她多次起过一种欲念:想用锤子敲掉她几颗牙齿。有一次她已经举起了锤子,不料她睁开了眼讥笑地瞪着她,原来她一直在装睡,在肚子里暗笑。自从她丈夫与街上摆香烟摊子的老太婆姘居以来,她一直视而不见,生怕女儿知道。有一天她从那家路过,听见里面欢声笑语,好不热闹。从板壁缝里一瞧,原来两人在里边喝茶呢。而在家里,他们一家人从来也没有一道喝过茶。桌上摆着几样小吃,一面大镜子吓死人地反着光。老头儿笑得嘴角流出了涎水,两条麻秆儿似的细腿在桌子底下蹭着那婆子墨黑多毛的大粗腿,女儿也在傻呼呼地笑,装模作样地捂住肚子。那老太婆已经老得如一棵枯树,皱巴巴的,满嘴大黑牙,成天一支接一支地抽烟,只有精神失常的疯子才会看上这样的货色,而她的丈夫就是一个疯子,现在疯病又传给了女儿。"真是一对活宝呀。"当时她从牙缝里咕噜了一句,喉咙里有一种吞了蛆的感觉。到她一成年,就将她这做母亲的当成了生死仇人,一味地胡作非为,想尽办法来刺激她的神经,而且装出一副麻木不仁的神气,来掩盖内心的快意。那次她患肺炎,她本来算好她一准完蛋,报复的好时机来了,谁知到头来又是空喜欢一场。"妈妈呀,"她故意嗲声嗲气地说,"您何必来看我?还好得很呢,离死还远着呢,您就放心了吧。您想想看,像我这种人怎么能死得了呢?"

不久前她忽然心生一计,想跟那男的订立盟约,来共同对付她女儿。她满脑子幻想,在厕所的墙下边等了好久。看见他来了,仍旧是那种白痴模样。她冲上去拽住他的衣袖,滔滔不绝地诉说起来,什么"同病相怜"呀,"孤苦伶仃"呀,"要采取有力的措施来自卫"呀,等等。"我一直在心里把你当我的亲儿子,做梦也在担心你的生命安危呢。"她谄媚地说。他骨碌碌地转动钝重的眼珠,总也听不明白她的意思。"果然是个白痴呀。"她想。最后,他好像忽然下了大决心似的,脸色一变,用猛力甩脱她,粗声粗气地问:"喂,你是什么人?我怎么从来没见过?也许你是想来谋财害命的吧?别打错了主意!我母亲可厉害啦,我要喊她来教训教训你!""你是我的女婿呀。""你别来搞诈骗,我不是你的什么女婿。你当街拦住我,眼珠不怀好意地盯着我,这是怎么回事?

你再欺侮我，我可要告诉我母亲，让她来给你真颜色看看！"他边说边逃跑，追也追不上。

他的腿的确是细得像麻秆儿一样了。好多年以前，他也曾是一个高大的汉子，脸上红通通的。有一天，他正在做一个梦，梦见窗前的美人蕉发了疯地怒放，太阳又高又远。忽然他被什么东西扎了一下，痛醒了过来。他看见老婆正在吸吮着他的腿子，做出猫吃肉的种种姿态。她的舌头上生着密密麻麻的肉刺，刚才在梦里他就是被这些肉刺扎得痛。他想缩回腿子，无奈她使出从没有过的蛮力按得紧紧的，用力咬着，像要将小腿上的大块肌肉全撕下来吞进肚里去。他只好闭上眼，忍着恶心，听之任之。没想到这种把戏竟继续下去了，而且变本加厉。每天早上起来，他身上都是青一块紫一块的，有时还肿起老高。他的身子一天天变细，肌肉一天天消融，淋巴结像一个个鸽子蛋。他时常疑心他身上的肌肉是不是在睡着的时候被她吃掉了，因为她已经在不断地发胖。"你，干吗老吃我的肉？"他说。"呸！"她嚷嚷起来，"势利小人！算计者！我的天呀……"她老不洗头发，她一接近他，头发上那股酸臭味儿就猛冲他的鼻孔。后来有一天，她拿盆子来洗头了。大块的污垢连着发根从她脑袋上掉下来，落在盆子里，所有的头发全脱光了。她要他朝她头上浇水，他的手抖得厉害，水都瓢落到了地上。她跳起来，口里骂着污秽的粗话，光着发红的秃头，叉着腰追赶他，提起一桶冷水从他头顶上淋下去。他在床上躺了一个星期，发着高烧，不断地摸着脑袋，嚷叫有人要剥他的头皮，又说头皮剥开就会露出里面的脑髓来。病好之后，他逃到了摆香烟摊子的老太婆这里，老太婆浑身冒着葵花子味儿，卧房又大又黑，他觉得十分安心。她起初夜里还来找，从窗眼里窥视，将门敲得嘣嘣地响。

"妈妈的头发长出来没有？"汝华小的时候，他总问她这个问题。

"没有。你没看见她包着头巾吗？我看见她每天晚上按摩头皮，她怕伤风怕得要命，也许她会死掉吧？"她天真地分析着。

"可怜的人。"他沉思了一会，立刻又骇怕地加了一句，"说不定她打算报复我吧？"

"昨天我轻轻地咬了她一口。"

他震惊地啊了一声,像梦游人那样伸出手来抚摸她的头发。"这些头发长得很结实,"他说,"你要经常洗涤它们。你睡觉时有没有看见天花板裂开过?"

"天花板?"

"对呀,天花板。那栋房子很大,很旧,墙壁里常常传出什么人撕打的响声。睡觉的时候,天花板会出其不意地在上面裂开,伸出许多细小得如蛇头的人脑袋……当然,我在骗你了,你该不会害怕的吧?我喜欢讲这些惊险的故事。"

最近有一次,他和汝华在街上劈面相遇,他竟没认出她来,一直从她身旁走过去了。后来他的同事告诉他这件事,他还觉得莫名其妙呢。汝华竟会去结婚,他想她一定是神经错乱了,要不就是受了坏人的利诱。这孩子从小就是一副自甘堕落的派头,和他自己一样无所作为,懒懒散散。女婿是个流氓加白痴,恋爱的头一天就跑到他这里来搞讹诈,异想天开地要他负担费用。

"原来你是一只大乌龟。"他一字一顿威严地说。

"你,你说什么?"那蠢材还摸了摸后脑勺呢。

"我说你是一只大乌龟!我女儿跟所有的男人都搞!

听明白了吗?"他更加威严地逼近了他,"滚!"

他吓得屁滚尿流,一点也弄不清发生的事。然而还贼头贼脑地溜着眼珠,威胁说要"解除婚约",假如他不负担费用的话。他一走,他就没命地大笑起来,笑得在床上打了三个滚。

后来他还和这女婿常见面,每次都是他来索钱,每次都被他讥笑一顿,空手而归。但这家伙脑子有毛病,总抱着希望,想入非非,而且态度老是那样不可思议地理直气壮。

"你得给我钱。"他又来这一套了。

"我偏不给。"他感兴趣地用一只眼斜睨着他。

"你在耍流氓。"

"什么?你跟流氓来要钱?啊?"

"你是她父亲,你得给钱。"

"我是一个流氓,我偏不给钱。"

"我咒你马上就暴死!"

每次他都气得发疯:看来他是狂躁型的。

女婿从家里出走后,他马上跑到女儿那里跟她说:

"你以为他跟你结婚是为了什么?"

"不知道。"她提防地瞅着他,"他说是为了在门口搭葡萄架,恐怕他是在说谎。"

"呸!他跟你结婚是为了谋害我!他一开始看中的就是我这老头子而不是你,绝不是你!他一直误认为我藏得有大宗钱财。夜里我睡着了,他还在我房子周围转悠,烦躁地跺着脚,我知道他骗你说是起夜来着。你怎么这么自信,居然去结婚。他等了八年,一直没机会下手,现在是等得不耐烦了才走掉的。"

"说不定连你也弄错了吧?"她嘲笑地看着他,"我倒认为他看中的不是你的什么钱财。他看中的是你现在的老婆,我看见她向他卖弄过风情呢,这事很出乎你的意料吧?"

"胡说八道!"他觉得自己上了当,脸都红了,"你讲起话来真武断。刚才我在路上正在想你母亲的事。听说她在夹墙上挖了一个洞,天天将死雀子塞进去!什么东西老在她天井里嘤嘤地哭,我一经过那里总听见。她这人真是歹毒。"他很愿意讲一讲他前妻的坏话,这一来精神很畅快似的。

"从前你总说你是中了妈妈的计,怎么能使人相信呢？太出奇了。有人说你是想骗取她的私房积蓄，这很难听，是不是？我完全不相信那种中伤，至于你怎么会跟她结的婚，那是一个很微妙的问题。"她摆出一副局外人的轻松派头，使他觉得有条虫子在咬啮他的牙根。

他很懊恼。本来是要谈女婿的事，刺激一下女儿，陶醉陶醉，没想到反被她抢白了去，改变了话题。近来她变得像蛇一样灵巧了，像他这种脑筋迟钝的老头子休想斗过她。

"他时常到我那里去搞侦察：想嗅到钱财藏在什么地方。"他还不甘心。

"我梦见你变成了一只麻雀，叽叽喳喳地叫个不停。他干吗老说葡萄架的事？这是一个弥天大谎。你也在向我说一个弥天大谎。你和他一定合得来。"

屋里很暗，一些小东西在墙根和屋梁上窜来窜去，弄出很大的响声。墙上扒着的五六只大蛾子忽然呼的一下全飞起来，在他的头顶绕圈子，撒下有毒的粉末，弄得他眼发直脚发抖。女儿裸着的上半身裹在一条破毯子里，她在屋里大踏步地走来走去。毯子飘扬起来，使她看上去很可怕。

他忽然失去了主张,嗫嚅地说:"我要走……"然后打开门撒腿就跑,一直跑到拐弯的那堵墙后面才停下来,回头一看,女儿的房门已关得紧紧的,有一个黑影从小屋后面钻出来,躲在大树后面,他发现那是前妻。窗帘抖动了一下,又毫无动静了。

她听见有人在拨屋顶上的瓦,哗啦哗啦的,阴森恐怖。她拨开窗帘,看见母亲矮胖的身子,她正踮着脚用一根竹竿在干这勾当。"你想标榜一下自己吗?哼……你必须给一个明确的答复。听明白了没有?"她低语着,呼吸困难。她则在屋里踱来踱去,检查铁护栅的牢度。哗啦哗啦的声音越来越大,越来越蛮横,有几片瓦落到了天花板上,砸得粉碎。母亲近来特别放肆,昨天半夜她已经在屋顶上弄了一个洞,她还扬言要把所有的瓦全掀掉,冻死她,以解心头之恨。她还拾来毛毛虫,臭鱼烂虾,从板壁裂缝里塞到屋里来。父亲一来,就意味深长地打量屋顶,不怀好意地说:"刮风的时候,这棵大树该不会把屋子砸垮吧?昨天你那个流氓又到了我那里,跟我说巴不得你马上死掉,又说要是你死掉了,他说不定要发大财。他时常来找我讲他心里的话,从一开始就这样。你不相信,以为我骗你,你太自负了。他甚至还提出要和我交朋友呢,当然是为了钱财,也为了要我和他一起来对付你,我经过考虑,决定答应他的要求。不过他休想从我这里搞到什么,他远不是我的对手。你那个流氓也和你一样,目中无人,骄横得不得了,但是他蠢得很,简直是一个白痴,他老在我面前诽谤你……"他一啰唆起来就收不了场,坐下又站起,站起又坐下,一会儿搔屁股,一会儿搔背,像有数不清的跳蚤在咬他似的。她打断他的话,撩拨他说:"你认识卖鼠药的婆子吧?"

"我干吗要认识她?"他又上当了。

"没什么,我不过说说好玩。"她审视着天花板,假装在研究那些蛛网。

"好嘛!!"他恍然大悟了,"门口的大树会将屋子砸垮,所有的人都这么说。"

第三章

一

　　她听见枯叶沙沙地掉在屋顶上、地下，她听见体内的芦秆发出哗哗啪啪的爆裂声。她已经有一星期不曾大便了，也许是吃下的东西全变成了芦秆，在肚皮里面支棱着。她从桌上的玻璃罐里倒出水来喝，她必须不停地喝水，否则芦秆会燃烧起来，将她烧死。有一忽儿她张开嘴巴，一股焦味儿从口里喷出来，她大口吐着，一下子口里就冒烟了，还夹着一些火星。

　　"你必须喝些水。"黑影在窗外说。

　　她将整整一玻璃罐水全喝了进去，然后去打开门。影子飘了进来，有一股向日葵的香味儿。

　　"你身上有一股向日葵的味儿。"她背对着他说。

　　"对啦，刚才我正在想着一些遥远的事儿，长长的山坡上栽着一行向日葵，山脚下流着泉水。因为我在想那些事，我身上才有向日葵的味儿，你也是在想象中闻到了那股味儿吧，那不是真的。"

"我只好不停地喝水，否则我会被烧死。"她又倒了满满一玻璃罐水放在桌子上，"我体内出了什么岔子。"

"我已经放弃了那些努力，"他发着窘，"你算得真准，我终于什么也不是。我贴着墙根钻来钻去，把屎拉在裤裆里。时常天晚了，我的影子在地上拉得很长很长，我就哭起来。"

"这就对啦，"她体贴地凝视着他，在她的眼里，他的形象越来越模糊，"你看我，多么安然。我不受外界的刺激，我的烦恼是另一样的，我的体内出了岔子。我只好不停地喝水，真窝心。在外面的太阳里面，一个什么地方，蝉在树枝上长鸣，单调而平和。已经是秋天了，树林子里是不是枯燥得燃烧起来了呢？"

"你将壁缝全贴上了纸条，我还是听见芦秆在你体内哗哗啪啪地爆裂。你说你有一星期不曾大便了，这是真的吗？"

"不仅这样，连汗也出不了。从前我总是通身大汗从床上爬起来的。我喂在瓦罐里的一只小蟋蟀，昨天死了，它还没有长大起来呢。也许这屋里的蟋蟀都是长不大的,从前我没注意过这一点,很可惜。你有一个女儿,这是怎么回事呢?"

"这事我也觉得很诧异。我在这里闭上眼想,怎么也想不出她的模样来。你想要说她根本不可能存在,因为我也是一个虚飘的东西,对不对?"

"在林子边上挂着一轮血红的太阳,红得很恐怖。我碰巧到那里去看,一直看得两边的太阳穴胀痛得不行。麻雀在我头顶上喧闹,枯叶不停地落下来,落在我的头上、肩膀上。有一个人从路上走过,怒气冲冲地朝我吐了一口痰,脚步重重地踏在水泥路边上,咚咚直响。"

"在同一个时候我也去看过,我在林子的另一边,我一直站到太阳落下去。那时蟋蟀用力鸣叫,周围的草木像活着一样荡动,我的周身熠熠生光。那些蟋蟀,也许是最后一批了。"

他们躺在那里,听见秋风匆忙地从屋顶上跑过,听见谁家小孩用弹弓将石子打在瓦上,听见最后一只小蟋蟀在瓦罐里呻吟,他们恐惧地相互搂紧了,然后又嫌恶地分开来。

"你的圆领汗衫在腋窝处有一股汗酸。"

"汗衫是今天早上换的!"

"也许,但是我闻到了。你以前说是一股甜味儿。可能你那时弄错了,只不过是一股酸味儿。不会有那么高的山,即算在山顶,也不会抓得到太阳的,你完全弄错了吧?"

"但是我爱说一说这些,总得说一些什么。"

"对,我也爱说,也可能我们都弄错了,也可能我们是故意弄错的,这一来就有些什么东西说一说了。比如刚才你来,身上就有向日葵味儿,我们就说这个向日葵,其实那都没有的,你也知道。"

"我的岳父唆使他女儿不断地将屋里的东西偷到娘家去,他们以为我不知道,像演戏似的。"

"其实你根本不在乎。"

"我假装看不透他们的把戏做出愤怒的样子。有时看见老人撺掇女儿的怪模样,真恨不得躲起来大笑一阵呢。昨天我的女儿跑来跟我说,她恨死了她母亲,再也不能忍受了。她一天到晚对她施加压力,睡觉前把老鼠藏在她的枕头底下,把她写给朋友的信偷去烧毁,还让她穿得像个叫花子,她一出门她就盯梢,看她是不是向谁卖弄风情,搞得她没脸见人,她反去跟她的同事们吹嘘,说她女儿正在发奋成才,不久就会有大出息。女儿又说家里的东西都是她母亲和外公串通了弄出去的。"

"你怎么说?"

"我?我决不上当!我鼓圆了眼大喝一声:'混蛋!'她吓得魂飞魄散,过了老半天才委委屈屈地说:'我来向你告密,你倒吆喝起来了。''谁让你告密来着?!'我气势汹汹地说,"干这种奸细勾当!小小年纪倒学起这一手来了。'她惊恐地看了我一眼,一溜烟跑了。果然到晚上老婆就发起脾气来,说我怀疑她是贼!我冲到女儿睡的房里,在她床上乱捣一阵,捣出一个纸盒,里面装着半条猫的尾巴,我将猫尾巴朝女儿脸上掷去,她突然发了抽搐!这些人真是疯了。"

"你说得好像煞有介事。你说在同一个时候,你刚好站在林子的另一边?你还看到了一些东西。"

"我站在那里的时候,看见了长长的烟柱,整个城市都在红光中晃动,空中噼啪作响。一个什么东西,蹒跚地在泥浆中爬着,背上摔了一条裂缝,暗红的血迹拖出长长的一条。"

"满天红光？"

"满天红光弄得我头晕目眩，我心里懊恼地想着那东西也许爬不到了，一块最近的突出的石头将会把它弄个四脚朝天。它要爬到哪里去呢？"

"它要爬到哪里去呢？"她像回声似的应着。

风把窗帘吹开了，桌上那层细细的、白色的灰尘被风吹散，满屋子飞扬。玻璃罐里的冷水叮当作响。他们死死地按住线毯，免得它飞到空中去。一架飞机飞过来了，沉重地嗡叫着，像是在他们头上凝住了似的。风把两个男人讲话的声音送到他们的耳朵里，那声音时而遥远，时而贴近。

"所有值钱的东西都在屋后那口井里，老朋友。"一个甜蜜蜜的声音劝诱道，"你将一夜之间发财，如果你能借来抽水机。你等多少年了啊，我有时真怕你会悄悄窜来割下我的脑袋呢。"

"你完全弄错了，我一点也不想发财，我只要属于我的那一份。你总是无中生有，编些故事说给人听。"另一个声音硬邦邦地说。

"干吗不发财呢?人应该有雄心壮志嘛。在我年轻的时候,总有一个找到一块金砖的念头诱惑着我,后来我就去干盗墓的勾当。在那些夜里,小枞树嘶哑地怒叫着,鬼火像落下的星子一样浮在你周围,数不清的黑影在那些乱冢间出没,我看见了那块金砖,它在地底下闪闪发光……这些年来,你每天夜里都用注射器抽出我女儿的骨髓,装在床脚一个玻璃瓶里,还泡上蜈蚣,我女儿一洗澡,你就将瓶子里的东西倒在澡盆里,你把她彻底搞垮了。你跟我交朋友,以为这些事我完全蒙在鼓里,其实我女儿每天到我这里来,把你的勾当告诉我,讲完以后还痛哭流涕,你是因为从我这里弄不到钱才这么干的,对不对?"

"我要把你对我的污蔑告诉我母亲,让你领教一下她的厉害,她可不是好惹的,她每天晚上吐的痰存装在一处,可以把你淹死。你们一家人都是阴谋家,你女儿嫁给我以前早就疯了,我这老实人竟没看出。呸!你想想看,八年来,她一直偷偷地在屋里饲养蟋蟀和蜈蚣,真肉麻呀。我日日夜夜担惊受怕,不断地买回杀虫药水,跟这些毒虫整整斗了八年,弄得我自己差不多都神经错乱了。八年青春!一生中最好的时光!我的天!你现在可以去看看，那里早就成虫窝了，要是睡上一夜，虫子会把你啃得只剩了骨架。"

"你不要逗得我笑死。'八年青春！一生中最好的时光！……'你装给谁看呢？不害臊吗？我女儿每天都向我揭发你，有时半夜还把我叫醒，诉说你的罪行。要是我把她讲的讲给你听，你说不定要吓得做噩梦死掉……"

两个男人的脚步声渐渐地远了，消失了。两只大苍蝇窜到蚊帐里面来，不断地绕圈子，想叮他们的脸，赶也赶不开。他懊丧地站起身，将出汗的背脊冲着她，开始来穿圆领汗衫。那汗衫被压得皱皱巴巴，上面还粘着一只麻点蛾子，他害怕地用猛力一抖，蛾子跌在地上。她盯视着他狭窄的出汗的背脊，想象着自己的眼光变成了一只蛾子，然后打了两个腻心的嗝，伸手拿起玻璃罐，仰头喝了一个饱。等她放下玻璃罐时，听见他的脚步声已下了台阶。在他睡过的枕头上有一个凹下去的半圆，她拿起来嗅了几嗅，有一股汗酸味儿，她将枕头往墙角一扔，重又倒头睡下。有人在后面的沟里撒尿，噼里啪啦的声音肆无忌惮地响起来，很长的一泡尿。她走到窗眼那里往外一瞧，看见了那件圆领汗衫，他正在若无其事地扣裤子前面的扣子，还擤了一把鼻涕。她连忙往旁边一闪躲起来,听见他在大声打哈欠,同时就从窗玻璃上看出汗衫被绷开了线缝,露出了腋窝里的黑毛。后来她闭上眼,竭力沉入一种热烘烘的想象里面去,在她的这些画面里,总有一个穿粗呢大衣的成年男子,一会儿慷慨,一会儿温柔地说出一些动听的话语来,一直说得她的耳朵嗡嗡地叫起来。已经是黄昏,夕阳昏昏地贴在窗玻璃上,许多小虫正在上面爬来爬去,好像在举行一个什么集会。远处什么地方有一支送殡的队伍,一个老女人拖长了嗓音滑稽地号叫着,恶劣地模仿着悲哀。在黄昏里总是有无数细小的声音响起,骚乱不安。在这一切的后面,是那巨大的、无法抗拒的毁灭的临近。曾经有过一次,她在黄昏试着哼了一支从前的曲子,结果那支曲子像冰柱儿似的冻结在她的嘴唇上面了。她睁开眼扫视了一下房内,摸摸铁栅的牢度,冲着隔壁那男人"喂"了一声。男人惊奇地转过身来,对站在灰蒙蒙的玻璃后面的这个女人审视了好久。一丝自信的冷笑浮上了她的嘴角。天花板上的蛾子惊恐地飞下来,又被毯子撞落在地,做着垂死的挣扎。她喘着粗气,停下来的时候,瞥见衣柜的镜子里有许多溃烂的舌头。她害怕窗玻璃上那昏然的夕阳光线,那黄黄的一条,刺得她的眼珠十分难受。她用深色的毯子蒙上玻璃,然而还是透出零零星星的光点。

"今天我不想吃炖排骨,能不能想出一点新的花样?比如萝卜干炒辣椒什么的。"隔壁那男人说。

"炖排骨怎么也吃不厌,"那女人回答,声音里含着讥讽,"要是再加些肉块,就更鲜了。我怎么也想不出,你竟会讨厌炖排骨,只有疯子才这么想。你这可怜的人,也许神志不清了吧。"

二

她把窗帘掀开一角,阴沉沉地看着外面那几个人,然后试着扳了几下铁的栅栏,向他们扮了一个放肆的鬼脸,放下了窗帘。"除非太阳从西边出!"她在屋里挑衅地喊道。

门外的四个人先是一愣,然后一齐扑上去擂门,直擂得整个小屋颤动起来。忽然约好了似的,四个人一齐停下,面面相觑。

"我们斗不过她。"沉默了好久,老况终于沮丧地开口说,"所有的门窗全钉上铁栅了,是她事先唆使我钉的,原来她早就起了这种卑鄙的意图,她老是欺骗我。"

她在前面蹒跚地走着。她身上的水分老是排不出去,这使她全身变得沉甸甸的,皮肤绷得十分难受,手和腿的屈伸也很困难。她老是吃利尿的药,今天一早起床还吃来着,医生曾多次警告她不能连续吃,但她的确是十分难受。

他想要赶上她,他的麻秆儿似的细腿哆嗦着,瘦小的影子犹犹豫豫地与她那庞大的黑影忽而叠在一起,忽而又分开。他看出她被浮肿折磨得十分痛苦,她那张衰老的白脸激动地颤动着。

"原来她欺骗了我们大家。"到他同她并肩而行的时候,他开口说,"真是一个历史的误会呀,这下她给我们当头一棒!"

她一怔,似乎要停下脚步,后来又改变主意,默不作声地同他走起来。

"你怎样看?这不是耻辱吗?人家会怎么看?我们俩的名誉在外面会变得怎样?万万没料到呀!这下可不是什

么都完了吗？啊？"他高高兴兴地搓着胸口。

"我要把那座小屋捣毁。"她一字一顿地从牙缝里说。他闻见她身上透出衰老的躯体特有的那种气味。

"我们两人要联合起来。"他毫不迟疑地宣布，然后向四周溜了几眼，挺神秘地叽喳起来："首先得弄清她的动机。是什么动机促使她将自己封闭在小屋里，与世隔绝起来的呢？这真是一个微妙的问题，我有一些线索，这些线索都与那个流氓女婿有关。不知你有没有注意到，每天夜里，他都在街上蹓来蹓去，搜集过路行人遗下的唾沫，装在一个随身的公文包里面。有一天他跟我吵起来，扬言要用他搜集的唾沫淹死我！从那以后我就睡不好了，小腿不住地抽筋。"

她将眼光移到他的身上，她的眼光里流出一丝暖意，然而她脸上的每一个褶皱里都含满了阴森的气息。她喘着气，用力提起岩石样的腿子，痛苦地扭曲着嘴唇说："我就像一大块吸饱了脏水的烂肉。"

他们踏进那座尘封的老屋的时候，听见天花板上的石灰在每个房间里嚓嚓地落下，老鼠们在房里嘎哒嘎哒地赛跑。他又坐在昔日的藤靠椅上面了，刚一坐下，壁上的闹钟就吓人地响了起来,空洞而悠长,一共响了十二下。"这钟现在老是骗人。"她说,脸上泛出冷笑,"房里的每样东西都跟我作对。有一天我打开了窗子,结果风把墙头上青苔的气味刮进来,弄得每件家具上都沾满了那种味儿。当夕阳照到天井里的时候,我就开始将麻雀钉在墙上,这工作很不顺利,羽毛弄得到处飞扬。你刚才说什么?她这一手是怎么回事?我可以告诉你,她的目标只在我,她要让我身败名裂,像她朝思暮想的那样。谁也猜不透她打的什么主意,我却再清楚不过了。我站在窗外,她正在帐子里恶狠狠地磨牙,她咬过我一口,你还不记得吗?那一回我几乎丧了命。也许你想和我一起用饭?长期以来,我就不做饭了,我一直吃着从店子里买回的泡面,他们说我的浮肿是因为缺乏维生素。我强壮过一段,本来可以和她较量到底,但现在彻底垮下来了,因为她想出了这么一招。你看见我脸上的黑斑没有?我活不长了。要是今晚打雷,我一定要去看看那棵树的情况……"

从朽烂的地板下面传出一种沉重的、闷闷的声音,震得灰尘跳跃起来。他从座位上弹起来,脸色发白,声音哽在喉咙里:

"什么声——音？"

"石磨。"她低声回答，"巨大的、阴森的怪物，日夜不停地磨，碾碎一切。你别怕，习惯了就好了。你看这些老鼠，它们也习惯了。"

已经是下午，屋里的光线暗下来了。他们断断续续地谈了那么多的话，喉咙嘶哑了，对方面部的轮廓也变得模模糊糊，像是从颈部割断了似的浮在空中。壁上的挂钟每隔半小时就敲响一次，挂钟一响，他们的思路就被打断，然后又艰难地、费尽心力重新起头。最后，他们心神不定地沉默下来了，头部像岩石一样沉重地落到颈脖上面。这当儿一只麻雀从朽烂的纱窗的洞眼里闯进来，在房内绕了半个圈子，飞快地钻到了床底下，在那里弄出鬼鬼祟祟的响声。

"每天都有麻雀从那个眼里钻进来。床底下摆着母亲的骨灰坛子呢。"她的声音颤抖了一下，解脱似的舒了一口气，似乎要站起来找什么东西。

"麻雀钻进房里来！你怎么能允许这种岂有此理的事？到处都是这种吓人的鬼东西，石磨！麻雀！说不定还有游尸吧？你居然活到了今天，这件事本身就叫我全身起鸡皮疙瘩。"

"我昨天把尿屙在一只从前的酒杯里，丢了两只臭虫进去，结果打了整整一夜的嗝儿。"她微笑着陷入了回忆之中。

他像被狗蚤咬了一样跳起来，摇摇晃晃地跑出去。"你应该去死！"他回过头来喊道。

巨大的石磨转动起来了。老女人脸上呈现冻结的微笑。

"妈妈，我们大祸临头啦！"

她严厉地盯了他一眼，她的眼光像两把锥子将他刺了个透穿。鸽子咕咕叫着，弹棉厂的碎花像密密麻麻的一群群飞蛾一样从窗前飘过。她鄙视着他，庄严地端起痰盒子，用力朝里面吐了一口痰。

"我从前是一个小姑娘来着。"

"是，妈妈。"

"我胸口有一个肿块，已经长了十年啦，近来它里面发生了脓肿，一跳一跳地痛得慌。我一听到你对我说话就难受得要死，精神上失去平衡，你不要轻易对我开口，这对我的身体很不利。我有一个建议,我们将中间这道门钉死,各自从自己房里的门出进怎么样?这样一来就可以防止相互打扰,可以保持内心的平静。"

"是,妈妈。"

他佝偻着背出去了。她看见他的裤带从衣服下摆那里掉了出来。

前不久的一天夜里,她正在做一个捕蝗虫的梦,忽然梦里的一声雷鸣将她惊醒过来,她扯亮电灯,又听见了第二声,第三声……她披上衣,朝儿子房里走去,看见他像一个肉球那样蜷缩着,雷声原来就是从那个颤抖的肉球里面发出来的:"轰隆隆,轰隆隆……"

整整一夜,她在窗外那条煤渣路上踱来踱去,脚下喳喳作响,胸中狂怒地发出呻吟。

"谁?"一个算命瞎子朝她抬起黑洞洞的两眼。

"一个鬼魂。"她恶狠狠地回答。

一直到天亮,雷声才渐渐平息下来。

然而第二天夜里,一切又重演了。开始是蝗虫的梦,然后又是惊醒……

她大踏步走进儿子的房间,猛烈地摇醒了他。

"好大的雨呀,妈妈。"他迷迷糊糊地说,"我正在田里捕蝗虫,忽然一声惊雷,接着就下大雨了。"

她目瞪口呆地听着他的梦呓,然后,瞥了一眼连通两个房间的那扇门,明白了。原来他的梦就是从那扇门进入她的房间,然后进入她的身体的。

那扇门从那天起成了她的心病。

他贴着门缝在倾听隔壁房间里的动静。

封门后的那个傍晚,白头发的乞丐就来了,他的一只手探在怀里捉虱子,口里大声说:"这屋里怎么这么闷?"然后直瞪瞪地看着他,鞠了三下躬,在床沿上坐了下来。"我今晚要在你这里睡下。"他又说,一边脱下他的鞋。他的身上散发出老鼠的气味。

"妈妈!妈妈!……"他惶恐地小声呼道,在屋里转来转去,然而门是封起来了。

他嘟嘟囔囔地抱怨了一整夜。床很窄,老人的臭脚不时伸到了他的嘴边,虱子一刻不停地袭击着他。

"你干吗不关电灯?"母亲在隔壁威严地漱着喉咙。

"妈妈,这里有一个人……"

老人忽然下死力踢了他一脚,刚好踢在他的要害部位,他痛得几乎晕了过去。

听见母亲恶毒地诅咒着,一会儿就响起了鼾声。那天夜里她肯定睡得很死。算命的瞎子又来了,敲了几下她的窗子里面毫无反应。

然而他一个梦也没做。黄黄的灯光照着老人的脸,他的很长的白发向四面张开,如同一些箭,那面目狰狞可憎。他将他挤到了床边,还用枯干的细腿夹住他,他的身上落下许多灰质鳞片,弄得到处都是。黄的灯光照着,屋里有种隐秘的邪恶。天快亮的时候,老人下了床,一瘸一拐地走出去了。

"妈妈!妈妈!……"他捶打着房门,声音细弱得如同婴儿。

当夕阳从琉璃瓦屋顶那里沉下去,风在空中烦人地吹响哀乐的时候,老人又来了。仍旧带着那只长长的破布袋,一进屋就坐在床上,脱掉鞋。

破布袋神秘地动弹着。

"里面是什么?"

"眼镜蛇。"

疯狂的、恐怖的夜晚。蛇从袋子里探出头来。

他裹着毯子,紧贴那张门守候了一夜。他的鼻孔里长满了米粒大小的疖子。

"我们斗不过她,"他绕到那边门口,扯住母亲的衣袖哀哀地说,"她将要制造奇迹,所有的门全钉上了铁栅,是我亲自钉的。"

"啐!"她朝痰盒子里吐了一口痰,迎着他砰的一声关上了门。

现在她每天夜里都睡得沉。她儿子独自一个在墙那边捕蝗虫。

打雷的那天夜里,他打着油布伞站在楮树下的小屋外面。屋内一片墨黑,隔着窗户听见了里面沉重的喘息,那喘息令他想起冒烟的烟囱。他爬上窗,借着电光一闪往里看,见她正在仰头喝那玻璃罐里的水,果然有两条浓烟呈螺旋状从她张得大大的鼻孔里冒出来。

"趴在窗户上的是一只大蜘蛛吗?"她在里面用嘲弄的口气问,然后奇怪地哼着,居然哼出一支歌子来。那支歌子哼了又哼,冗长单调,老是提到一只没有胡子的瞎眼白猫,提到一个婴孩被这只猫咬去了大拇指,鲜血淋漓,惨不忍睹。

"你干吗不关灯?"

"我怕,妈妈。"

"看见灯光从壁缝里透出来,我误认为你房里起了火。好好注意自己的灵魂吧。"

"不要撇下我,妈妈,我在田里爬呀爬的,蝗虫把我的腿子咬得满是窟窿。"

三

他将一砂锅炖排骨泼在门前的台阶上面了。慕兰摆好餐具,叫他吃饭的时候,他默默地走过去端起砂锅,将排骨哗的一声泼在台阶上,动作干净利落。

他坐下,看着妻子讥诮的眼光,心里直想呕吐。

"一只死雀从隔壁屋顶的破洞里掉到了天花板上。没有人射,雀子怎么会死的呢。"她毫不在意地说着。

她出去了,麻老五笑眯眯地走进来。

"没有杀虫药剂。"他连忙抢先说。

"是这样吗?"他不相信地扫了他一眼,假装亲密地挨着他坐在床沿上,悄悄地对着他的耳朵说:"今天我坐在屋里的靠椅上想了整整一上午,我弄不清楚,你和我到底是一种什么样的关系呢?你是我的邻居,又是朋友,对不对?我时常感觉,你和我有一种很老很老的关系,还在娘肚子里,你和我就被决定了是要唇齿相依的。你搬来的第一天,我就看着你很面熟似的,那一天有火烧云,我正在追赶我饲养的十来只公鸡,忽然你来了,穿着灰不灰蓝不蓝的衣服,可怜巴巴的,我心里涌起一种很亲切的情绪,就像一种甜浆糊。你呢,你毫不懂得,你认为我是在缠你?我的胯间长了一个瘤子,你看,在这儿,我知道你要幸灾乐祸的,不过医生说了不要紧的,我来告诉你,免得你有种得了解放似的感觉。这是一定要好的,医生下过保证了。你我唇齿相依,这是在娘肚子里就被决定了的。"他站起身,若有所失地向四周看了一遍又一遍,然后悻悻地离开了,但走出房门时裤子再一次掉了下来。麻老五最近对他的侵犯令他越来越忍无可忍了,昨天他当街死死揪住他,将臭烘烘的脸凑到他面前亲了几下,然后跳开去,哈哈大笑。他又一次向围观的人说:要将他的私人秘密抖露于众。当时他面如土色，吓掉了魂。然而此刻，他并不觉得有得了解放的感觉，他呆呆地瞪着他的背影，看见他的裤子落下去，露出劈柴般的大腿和胯间的黑毛（他明明是故意让裤子掉下去的），心里像吃了老鼠药一般地倒腾。他一点也不幸灾乐祸，他像一只快被毒死的瘦猫一样抽着风。

"你的眼镜到哪里去了？"所长拍拍他的肩膀说，"噢，原来你在混日子！你干得真巧妙！同志们看罢，这真是一种奇异的社会现象！这个人，他每天坐在这里，究竟是怎么回事？从前我有一个同事，每天白天坐在办公室里，夜里却在干着盗墓的勾当，神不知鬼不觉……哈！"

老刘头凑近他嗅了几嗅，怀疑地摇着头咕噜道："有什么东西不对头，极不对头……这人究竟是怎么了？该不会发羊痫风吧？"

他听见隔壁女人从玻璃瓶里倒水的叮当声，以及喉咙里咕咚咕咚的响声。他忆起她谈论过的林子里看到的事，只觉得周身燥热，痛苦不堪。那些事是他极力要忘却的，他愿意自己完全摆脱的。麻老五的这一着将他彻底打垮了，他的裤子掉下去的时候，他全身像蚯蚓一样扭曲着。他听说过肠穿孔这种病,他自己会不会得了肠穿孔呢?

"那老头被送到医院里去了。"慕兰凝视着他,放了几个闷屁。

"谁?"

"还有谁。他还给邻居留下话,说千万不能让你知道他住院的事。他们要锯他的腿子了。你们之间究竟是怎么回事?邻居已经在议论这件事,说你见了他就像老鼠见了猫,又说你是不是一个男性这件事很值得怀疑,因为谁也没亲眼看见过,所以没法证实……"

"我患了肠穿孔。"他说完又倒在地上抽起风来。

"从那以后,多少时间过去了啊!"那女人的声音唑唑地从板壁缝里钻出来,"你注意到了没有?树叶已经枯透了,用脚一踩,立刻碎成齑粉。落雨的那天,我梦见它的根膨胀得纷纷裂开了,它干吗喝得那么凶呢?现在这些水分全部蒸发了。火是从内部烧起来的,连着这些天不落雨,根部又全部成了红炭。今天早上撩开窗帘,看见青烟从树顶袅袅上升,枝丫痛苦地张得很开、很开。那火是虚火、阴火,永远烧不出明亮的火花来……昨天中午,老况梦见了树底下的葡萄架,他一来,我闻见他身上的味儿,立刻猜出他做了什么梦,为此他恼火得要命。"

"如果再等一等,会有什么事情发生呢?"他在心里反驳着她。

"麻老五就要变成一个肉团。"妻子的声音像苍蝇在耳边嗡嗡,"想一想吧,那样一团东西在地上滚来滚去,滚来滚去,你干吗怕他?"

"我的门窗钉得多么牢!现在我多么安全!他们来过,夜夜都来,但有什么法子?徒劳地在窗外踱来踱去,打着无法实现的鬼主意罢了。太阳升起,我的心就在胸膛里怦怦直跳,我要把窗帘遮得严严的。他们说我是一只老鼠,这话不错,我的确喜欢躲在阴暗的地方咬啮家具,我的牙齿也曾由此磨得十分尖利。老况说他想用老鼠药毒死我,也不过就想一想罢了,他一点胆量也没有,他是一条圆滚滚的蛔虫,我看见他夜里钻进母亲的肠子,十分惬意地扒在那上面了。说不定有一天他母亲会把他屙出来的,一想到他被他母亲从肛门挤出来的样子就好笑。"

她的声音一天比一天微弱,那床破毯子却一天比一天凶狠地怒叫着。

慕兰抬起头，做出倾听的样子，然后嘘了一口气说：

"那女人已经完蛋了。我很奇怪，她怎么能做到一天到晚不弄出一点响声来的？我贴着板壁听，听不出一点细微的响动，好久以来就这样了。有几回我以为她完蛋了，但半夜又亮起了灯。昨天夜里电灯没亮，你注意到了没有？"

"你应该将这件事记在你的小本本上。"

"你这是什么意思？"

"我这是什么意思？我已经记不得我要讲的话的意思了，结果我讲了一句自己也不懂的话。我总在想一些不想干的事，比如刚才，我就正在想我们是不是在后面砌一个蓄水池来养鱼，我又想到墙壁会不会爆裂开，从里面钻出蛇的脑袋来，我整天被这些想法纠缠不休，辛苦得不得了，闹得自己患了神经衰弱。你已经睡着了，我却睁着眼，倾听虫子在衣柜里咬啮衣物的声音，那声音日夜不息。"

老婆一走开，岳父的红鼻头又从窗眼里伸进来了。当然，他们是串通好了的。

"你以为我和她是串通好了的吗？"他滑稽地皱着

鼻子,"你弄错了,女婿。我一直恨死了她。每次你们吵起来,我总恨不得让你把她杀了才好,我躲在门后暗暗为你使劲呢。但是你不敢,你这人怎么这么屄头。我每回来拿东西,她就大惊小怪地叫起来,说我是贼,其实你一点也不明白内情。我从这里拿了东西回家,她就半路上截住我,强迫我和她平分,折价付钱给她,有一回吵起来,还把我的脑袋按进烂泥里面。她有许多情夫,她把情夫带到我家里去和她睡觉,逼我老头子站在门外帮她放哨,哪怕落大雨淋得透湿也毫不怜惜。你的事情,我在寺院的楼上看得清清楚楚,不管什么情况都逃不脱我这双老眼。比如你的心头之患我就了如指掌,你最怕的人是麻老五,他总是当街出你的洋相……"

"我要杀你!"他突然跳起来抠住老头的衣领,眼珠发了直。

"嘘!你怎么回事?啊?"他用力甩脱他的手,"对不起,我要走了,我唠叨些什么呢?对于白痴,你还有些什么好期望的?"

十二点一过,那两个幽灵又来了,在月光下踱来踱去,将枯叶弄得痛苦地沙沙作响。隔着窗户,他听见他的疲惫的低语：

"我在来的路上，一条腿陷进一个很深的烂泥坑里面去了，拔也拔不出，有什么东西咬在腿肚子上，针扎似的痛。这屋里新生的一窝鼠仔又长大了，你听见它们窜来窜去的脚步声没有？我们真像荒野里的两匹狼，对不对？"

"刚才我从床上撑起来，简直提不起脚，利尿药把我害苦啦。这些个日日夜夜，每半点钟我就听见壁上的挂钟发了疯地敲，现在它里面的齿轮已经锈坏了，快要咬住了，它这种临终前的挣扎把我吓坏了。"

"我们都这样，我昨天也没睡。我一直在等着什么事发生，我看见夜气里浮着许多冰钩儿，一只猫儿在墙角像人一样叹着气，'踏踏踏，踏踏踏……'，数不清的小偷在窗外钻来钻去。奇怪，我怎么能活得如此长久，我们不是早就垮了吗？"

"我的头发是怎么掉的你清楚吗？那个秋天老是落雨，到处湿漉漉的，我坐在摇椅里读报，她像猫一样溜进来了。我有一种预感似的打了一个寒战，这当儿她闪电一样跳起来在我头皮上啄了一下，然后逃跑了。从那天起我的头发就大块地脱落，头皮全部坏死了。你摸一摸这树，像是烧着了一般烫手……对啦,我的全部灾难正是从那个秋天开始的,那时所有椅子上的油漆都坏了,一坐上去裤子就被紧紧地粘住,脚板也老出汗,鞋子里又冷又潮,脚一伸进去全身都肉麻得不行。"

那两人呻吟着,痛苦地踩响着地面:"踏——踏——踏——踏……"

他在床上抽着风,被单像鞭子一样抽打在他赤裸的背脊上,他学会了像蛇一样蠕动。

清晨,他的全身肿得紧绷绷的,僵硬难受。

四

她的一条腿像被钉在床上似的不能动弹了。昨天她烧好了水到浴室去洗澡,因为常年不打扫,浴室的地面溜溜滑滑,她一进去就摔倒在水泥地上了。当时她听见左腿里面有什么东西发出瓷器破碎的声音,那声音很细弱,但是她听到了,她用手撑起来,爬回卧室,和着黏糊糊的有腐烂味儿的衣服倒在床上。现在死亡从她的伤腿那里开始了,她等着,看见它不断地向她的上半身蔓延过来。麻雀一只又一只地从纱窗的破洞里钻进来,猖狂地在半明半暗中飞来飞去。她用尚能活动自如的手在床上摸索着枕头,向这些中了魔的小东西投去。外面也许正出着大太阳吧?屋顶上的瓦不是被晒得喳喳作响吗?石磨在地板底下发出空洞干涩的声音,她将死在太阳天里,她的死正如这座阴森的老屋一样黑暗,她终将与这老屋融为一体。壁上的老挂钟最后一次敲响是在昨天夜里,那是一次疯狂的、混乱的敲打,钟的内部发生了不可思议的爆炸,其结果是钟面上的玻璃碎成了好几块。现在它永久地沉默了,带着被毁坏了的死亡的遗容漠然瞪视着床上的她。她的身体正在从伤腿那儿开始腐烂,那气味和浴室里多年来的气味一模一样。她恍然大悟,原来好多年以前,死亡就已经到来了。她挣扎着想要脱掉这件浴室里跌脏了的衣服,然而办不到,衣服紧紧地巴在她身上,与她的皮肤不可分割,那气味也已渗透到她身体内部的器官里面去了,这件衣服将跟着她一道死亡。床底下的骨灰坛子抵着了她的背脊,像冰条一样袭人。她母亲的死亡也是发生在这间卧室里,在最后的日子里,她的躯体也是在这个床上慢慢消融掉的。她记得她抱怨那只挂钟的声音,说一下一下就敲在她的心脏上，但是谁都认为她是神经错乱，没人理会她的话。她死于心脏破裂，她临终的那种怨恨表情至今留在她的脑子里。她想痛哭，她的泪腺堵塞，喉咙里发出近似小猫叫的怪声音。她早已忘却哭的方法了。昨天夜里，她和她的前夫突然跳起来，拼着命用头部朝那棵树的树干撞去，后来两人一齐摔倒在地。女儿房里的灯亮了起来，那灯光是古怪的酱油色，他们从深色窗帘的隙缝里看见了她木乃伊似的身体，她全身一丝不挂，灰白的皮肤上长着许多绿的斑点，斑点上似乎还有很长的毫毛。

"外面有两条饿狼。"女儿鄙夷地说，"那孩子完蛋了，瞎眼猫最后一口咬断了他的颈脖。"

"那真是一个伤心的日子，瘦弱的金银花纷纷飘落在地……"

她一停下来，嘴唇立刻冻僵了，眉毛上也长起了白霜。她划燃一根火柴，吻着那火苗，口里哈出寒冷的白气。火苗熄灭了，她似乎冷得更厉害了，全身硬邦邦的。她找来许多报纸，在地上堆成一大堆，用火柴点燃，让那火苗舔着她的胸膛、背后。火苗越蹿越高，她的身体也越来越柔软、灵活，皮肤泛出玫瑰的红色，鼻孔里冒出烟和火星，眼睛里燃着火，恐怖地睁得很大很大。当火苗几乎舔到了天花板的时候，借着晃动的亮光，她看见前夫像一摊蜡一样融化着，越来越矮下去，头部痉挛地一伸一伸，悲惨地打着呃逆，眼珠渐渐收缩为两个细小的白点。"我的脑血管破裂了……"他可怜地哼了一声，吐出一口黑乎乎的东西。

她的光光的头皮痒得厉害，她使劲去抓，直到抓出了血。她忘不了她失去头发的那件事，那个湿漉漉的秋天，树上的枯叶红得像要滴血，墙壁上渗出黑水，她坐在摇椅里面，惶惶不可终日……然而石磨再一次响起来了，干涩刺耳，震得墙上的石灰纷纷剥落。两只受惊的麻雀被天花板撞伤，破布一样坠落在地，床底的骨灰坛子在跳跃，死人在坛内艰难地辗转。有什么东西落入两片磨盘之间，发出脆弱的一响，像是一声轻微的抽泣，很快又被无情的嗓音吞没了。

在街上，前夫紧紧地跟着她，用阴谋家的眼光反复打量她，表情沉重地说："我们老成什么样子了啊！"

她的眼光从浮肿的眼缝后面挣扎出来看着他那顶有窟窿的帽子，浑身打着冷战说："你记得我们活了多久了吗?"

"我怎么也记不住,我的脑子早就坏了。这些日子,窗外树上的枯叶一直不肯放过我,'沙沙沙,沙沙沙……',我们活多久了?"

"我梦见过一些事,全是与那个雨天有关的……我一下台阶就滑倒了。"

她的眼光摇摆不定,像一只风筝那样在他脸上掠过。天上出着太阳,光线太强,她失去了最后一点劲儿,风筝回到了她的眼眶里。

"我眼前一片漆黑。"她诉着苦,扶住了电线杆,"我很快就要瞎了。我真后悔,我把它们用得太苦了。"

"谁?"他大吃一惊。

"我的眼睛呗。"

"也许有那么一天,你从你的房子里走出来,踱到天井里,那时天上飘着蒙蒙细雨,一只猫儿蹲在天井的墙角里哀哀地哭,于是你说:'够了。'好,一切都会结束。你回到屋里,马上入睡了。"

一列火车在远处奔驰而过,悠长地叫着,然后是轮子擦在铁轨上的声音,一节又一节车厢,一节又一节……

"你怎么如此肯定?"她生气地说,"正好相反,根本不可能有什么结束。它们就在我的神经里,挤得满满的,只在做噩梦的时候一点一点钻出来。我记不得这有多久了,反正一切都不会结束。我照过了X光,肾脏里面全是小石子,我一弯腰,里面就哗啦作响。"

他沮丧地瘪了瘪嘴巴,似乎就要哭起来。"啊,一直到死!一直到死!"他绝望地惊叹道,"'沙沙沙,沙沙沙……',我的梦里也充满了那个声音。从前在黎明,我老听见一个人在煤渣路上踱步,原来那人也受着这种可怕的折磨。他不得不踱来踱去,一直到挪不动脚步,于是末日来临了。万一我们活得很长久?"

她匆匆地要赶到前面去,他拽住她的衣袖,苦苦地哀求着:"再说一点什么吧,再说一点什么吧,我心慌得发抖。"

他的手指缝里渗出许多黏液来,像胶水一样扒在她的袖子上,甩也甩不掉。他的鼻孔、眼角也开始流出那种黄色的黏液。他唏嘘着,还在说个不停。太阳从寺院的屋顶上沉下去了,空中刮着不吉祥的风。她看出来,他一点也不想死,他唠叨不停的原因正是怕死,他对自己的小命如此珍惜这件事,使她感到十分惊骇。他的手指在她衣袖上抽搐着,活像几条丑陋的泥鳅。

"我看不清你的嘴脸。"她开始说。

"说下去,说下去!"

"我跟你说过了头发的事,还有一件事是你不知道的。"

"说下去。"

"那是关于被我钉在墙上的麻雀的事。"

"好极了。"

"在黑暗里,麻雀在墙上叽叫着,扑腾起来,口中流出一滴滴黑血。我把头从被褥里探出来,开始呕吐,我吐出的东西的气味和我浴室里的气味一模一样。月亮照着纱窗,窗棂苦苦地呻吟。有一个东西在天井里走来走去,像是一只狗,麻雀们立刻沉默了。在西头那间小杂屋里,天花板上又剥落了一块石灰,一只老鼠飞快地从屋当中穿过,跑到厨房里去了。"

"有一天夜里,我用钥匙开开了你的大门,在天井里走来走去,一直到天亮。我没有看见麻雀,因为那天没有月亮,四周一片漆黑。"

"当时我正在呕吐，月光照在纱窗上。"她恶狠狠地一摇头，"你闻到一种刺鼻的气味了吗？"

"周围那么黑，我就像掉进了一个细颈瓷瓶的底部，我呼吸不到足够的氧气，只好大张着嘴，像一条憋坏了的鱼。"

石磨缓缓地转，越来越阴沉，越来越杀气腾腾，麻雀在被碾碎前发出的惨叫，隐没在暴怒的、压抑的雷声里。

隔壁房里的天花板整个地塌下来了，她闻到一股刺鼻的石灰味，一只雀子啪的一声掉在她的被褥上，还拼命地扑腾了一阵才死。

她听见在远处的什么地方惊雷劈倒了一棵大树。

结　　局

她还在梦中，就已经闻到了很浓的焦木味儿，她梦见抽屉里的蛋糕全都化成了油光闪亮的臭虫。她撑起来用最后一点干肉喂一只母鼠。她把干肉扔在床底下，倾听它嘎吱嘎吱的咬啮声。父母昨天没有来，也许就因为这个，她被虫牙折磨着。每隔一点钟，她就往床底下扔一小块干肉，让那只老鼠咬出响声，借以减轻神经的剧痛。到天明，干肉全部扔完了，牙痛也慢慢减轻，这时她忽然记起那两人昨夜没来，觉得诧异。大树是在清晨被雷劈倒的，滚滚的浓烟冲天而起，里面夹着通红的火星。现在它倒在地上，内部全部烧空了。隔壁的男人和女人一齐走了出来，到那零乱地散在地上的枝条中去寻找从前挂在树干上的一面镜子。两个人都把屁股撅得高高的，浮肿的嘴脸几乎凑到了地面，畏缩地用两个指头拣出那些镀了水银的碎玻璃片。她从窗帘后面打量这一对，听见发僵的脚尖在地上跺来跺去，看见紫胀的手指伸到口里含着，眼里溢着痛苦的泪水。一夜之间，男人的头发全部脱光了，苍白的头皮令人作呕，隔着窗子，她隐约地闻见了熟悉的汗酸味儿，就是他称作"甜味儿"的那种气味。烧完报纸以后，再也没有什么可烧的了，虽然外面出着大太阳，骨头却像泡在冰水里，早上起来几乎全身都冻僵了，必须用毛巾发了疯地擦才能让腿子弯转来，不然就像干竹子，一动就啪啪乱响。她不敢用力出气，一用力，鼻尖就出现冰花，六角形的、边缘很锐利的冰花，将嘴唇都割出血来。大柜上的镜子已经用一匹黑布遮住了，好久以来她就不愿照镜子。那一天她突然觉得身上的衣裳宽荡荡的，她剥下衣裳一看，才发现自己已经变得像干鱼那么薄，胸腔和腹腔几乎是透明的，对着光亮，可以隐约看出纤细的芦秆密密地排列着，她用指头敲一敲，里面发出空洞的响声："嘣嘣嘣的嘣！"她拿起玻璃罐从水缸里舀出最后一点发黑的水，仰头一饮而尽，她清楚地看见滑滑的细流从胸腔流到腹腔，然后不可思议地消失不见了。她有一个多月没有尿。老鼠终于丢弃了肉块，拖着沉重的身子回到洞里去了。她像一条干鱼一样在粗毛毯底下发着抖，嚓嚓嚓嚓地擦着毛毯响个不停。南风从瓦缝里灌进来了，毛毯鼓满了风，裹着她一起飘离床铺，在半空中悬了一会儿，然后又啪的一声落回床上。南风里有股腥味，她一闻到那股味脑子里就出现野兔的幻象，它们总是躲在很深的草丛里，萎缩症已经蔓延到下肢，很快她就要下不了床了。她算了一算，她已经两个月零二十天没吃任何东西了，因为这个，她的肠胃渐渐从体内消失。现在她拍一拍肚子，那只是一块硬而薄的透明的东西，里面除了一些芦秆的阴影空无所有。很久以来，她就分不出白天和黑夜，她完全是按照内心的感觉来划分日子的，照她算来，她把自己封闭在房子里已经有三年零四个月了。在这段时间里,粉虫吃掉了一整把藤椅,只剩下一堆筋络留在墙角;没有喷杀虫剂,蟋蟀却全部冻死了,满地僵硬的尸体;水缸里长满了一种绿色的小虫子,她在喝水时将它们喝进了肚子;一个早上醒来,她发现她的线毯变成了一堆烂布,用指头一点那布就成了灰;房子中央好久以来就在漏雨,不久就形成了一个小水洼,天一晴,水洼里蹦出几只小蛤蟆。她的腿子里面发出干竹子的裂响,她拖着脚步在房子里走了一圈,看来看去地看了一遍,然后用一根麻绳束起她那一头鼠色的长发,打开抽屉,找出一瓶从前使用过的甘油,将干裂开叉的指头轮流伸进去浸泡,直到指头重新弥合,然后她小心地上了床,盖好毛毯,决心不再挪动了。她的眼光穿透墙壁,看见那男人将身体摆成极其难受的姿势,在他的长筒套鞋里面,长满了滑溜溜的青苔,那些瘦骨伶仃的脚趾全冻成了青色,发疯地抽搐,他极力要站稳,脚板在巨大的鞋子底部滑来滑去。"所有的碎片都烧焦了……它的有花纹的背上渗出陌生的向日葵的味儿,泥沙割破了暴出的眼珠,忽然,漫天红光,泥浆里翻腾着泡沫,那就像一个真正的结局……哦,哦!怎么回事啊?"他咯着血,身体慢慢地倾斜，向铺满了腐叶的地上倒去。她的眼光变得那样深邃，她看见了母亲住的老公馆，那上面爬满了一种绿色的毛毛虫。在一叶纱窗上面，有两个很大的破洞，麻雀从破洞里鱼贯而入。一阵南风刮来，毛虫纷纷从墙壁上掉落地面，被无数蚂蚁袭击着。在一只破烂的木桶下面有一双开裂的木板拖鞋，她当小姑娘的时候穿的拖鞋。而现在那上面奇怪地长着一排木耳。父亲在天井里摸索着滑溜溜的墙壁绕圈子，指甲深深地抠进青苔里面。他的双眼患了白内障，从他脸上神气看出，他根本不认为自己在兜圈子，而是觉得自己在沿着一条笔直的、黑暗的通道不断地前行。他在天井里已经走了三天三夜。她看不到母亲，但是她能够听见她的声音从破棉絮里隐约传来，那声音就仿佛母亲在咀嚼自己的舌头，痛得直打哆嗦。父亲听见了母亲的呻吟，一丝笑意埋藏在他深刻的皱纹里面，他扶着墙走得更起劲了，简直像在疯跑，他的手指甲里渗出一滴一滴的血珠，脚板底长满了鸡眼。"妈妈也许会死掉的，"她听见自己的声音从天井的墙缝里钻出来，那声音稚嫩，带着热切的企望，"要是她死了，这院子里就会爬满毛毛虫。"但是父亲听不见她的声音，父亲的耳朵已经中了魔,他在听母亲的呻吟,一些遥远的模糊的呼唤传到他耳朵里来,他的面色豁然开朗,全身的神经跃跃欲试,白发可笑地往脑后飞扬。墙上的青苔被他不断地抠下,纷纷掉落在地,他还在跑——朝着臆想中的通道。她听见石磨碾碎了母亲的肢体,惨烈的呼叫也被分裂了,七零八落的,那咔嚓的一声大约是母亲的头盖骨。石磨转动,尸体成了稀薄的一层混合胶状物,从磨盘边缘慢慢地流下。当南风将血的腥味送到小屋里来的时候,她看到了死亡的临近。

"母亲……"她忽然觉得嗓子眼里有种不习惯的感觉,于是异想天开地想来哭一哭。她憋足了劲,口里发出一种拙劣可笑的模仿。

在天井里,她的父亲一边跑一边从口里吐出泥鳅来。

当天傍晚,更善无在回家的时候看见被截了肢的麻老五坐在破藤椅上,紧握两个拳头向他号叫着。他在夜里梦见了荆棘,他赤身裸体扑倒在荆棘上面,浑身抽搐着,慢慢地进入了睡眠。